JN306546

二見文庫

欲情エアライン

蒼井凜花

目次

欲情エアライン

プロローグ

　ＣＡが、かつてスチュワーデス（ｓｔｅｗａｒｄｅｓｓ）と呼ばれていたのはいつまでだったろう。

「あれは『空飛ぶブタ』の意味を含むから変更された」などの解釈が蔓延していたが、それは違う。

　様々な説があるが、古英語でｓｔｉｇは「豚小屋」、ｗｅａｒｄは「番人、見張り役」を意味する。貴重な家畜を管理する仕事が世話人の意味へ、そして機内で乗客の世話をする人をそう呼ぶようになった。末尾のｅｓｓは女性を示す接尾語だ。

　それがスチュワーデスとなった。

　それでも差別感は拭えず、現在はキャビンアテンダント、フライトアテンダントとの呼び名が定着している。

――制服に身を包み、颯爽と空港内を歩くCAたちを見たとき、高校生だった私はその凜々《りり》しさ美しさに心奪われた。キャビンで優美な笑顔を絶やすことなくスマートに対応する彼女たちを見つめながら、「私の将来はこれだ」と確信した。

憧れだけで終わらせるものかと必死に勉強した。

OG訪問をし、短大とは別に元CAが講師を務める短期講座も受講した。

一次試験は、グループ面接。

東京、大阪、札幌、仙台、名古屋、広島、福岡の主要七都市で開催される。

容姿と立ち居振る舞いも厳しく査定され、実に五割から七割がこの段階で落とされる。

二次試験は、筆記試験とテーマを与えられた五人一組のグループディスカッション。話す内容も重要だが、大切なのは聞き方、話し方、調和性。

司会進行役を請われたとき、進んで手を上げる積極性も必要だ。

そして英語ヒアリングと英語面接。TOEIC六百五十点以上が望ましい。

三次試験は、東京本社での役員面接。

ここまでこぎつければ合格率はぐっと上がってくる。同じ地域から受けた応募者とは顔見知りになり、互いを励まし合いながら最終戦に挑む。

トレーニングウエアに着替えての身体検査、体力測定、適性検査。

反復横跳びや踏み台昇降、腕立て伏せも査定対象となる。

適性検査では、応募者の多くが視力検査に不安を訴える。どんなに優秀な人材も、矯正視力一・〇に満たないものはここで落とされるのだ。保安要員としての適性なしと判断されれば、航空会社は容赦ない。

採用試験でコマを進めるにつれ、私は少しずつ夢を掴む手ごたえを実感しつつあった。

大手エアラインのスカイアジア航空から合格の連絡を受けたとき、どれほど喜んだろう。祖母はハンカチで目頭を押さえながら、祝いの言葉をかけてくれた。

夢にまで見た憧れの制服――選ばれた者だけが働くことのできる高度一万メートルの職場――。

だが、すべてが叶ったとき、そこには暗黒の深淵が巨大な口を広げていた――。

第一章　CA専用社員寮

1

（ハアッ……ハア……）

ジャージごしの股間をさする手は、白く肥え太っていた。

勃起の輪郭を握り締める。手の中でドクンと屹立が脈を打った。

『気持ち悪～い。野島《のじま》クンが触ったから、もういらない』

小学三年生のとき、思いを寄せていた女の子の落とした消しゴムを拾ってあげたらそう言われた。それを見るなり、同級生たちはやんやと取り囲み、せせら笑った。

『よお、白ブタ。お前、カズミちゃんにフラれたな。ハハハッ！』

『お前、キモいから給食当番するなよ。白ブタが飯よそうと食う気うせるんだよ』

白ブタ――それが子供のときにつけられたあだ名だ。

日の当たらない養豚場で育てられたブタを思わせる容貌。不健康でぶよついた手。自分の容姿が人並以下だということを、子供時代から嫌というほど植えつけられた。

だが、成長するにつれ周囲の見方は徐々に変わり始めた。容貌の美醜よりも、裕福に生まれた環境に友人たちは羨望の目を向けた。

小学校から大学まで一貫教育の私立に入り、受験地獄とは無縁に過ごすことができた。子供のころからゲームが好きで、欲しいゲームは次々に買い与えられた。中学に入ると、携帯電話にパソコンを持ち、高校に上がるとブランド物の腕時計をはめ、大学入学と同時に当たり前のように車を買ってもらった。しかも、BMWのスポーツタイプ。似合わねえ車に乗りやがって、などと陰口を言う連中もいたが、そういう連中に限って彼女とのデートに貸してやると言うと尻尾を振って寄ってきたものだ。

就活に苦労する同級生をよそにヨーロッパ旅行を楽しみ、親のコネで航空会社に就職できた。メカ好きなことから技術職として採用され、同級生たちをあっと驚かせたものだ。

にもかかわらず、四十年間、女性と付き合う機会はなかった。この容姿と雰囲気が相手を敬遠させているのだ。

（ハアッ……フウッ）

白い手は突き上げるものを再度しごきあげた。ジャージの中でドクンとペニスが脈動する。

手の甲と指先にある傷は、大人になってから負ったものだ。仕事中、航空機の圧力隔壁の整備中だった。スパナを使っての調整中、指定された時間を勘違いし、遅れてはまずいと焦ったのがいけなかった。

赤黒く盛り上がった醜いミミズ腫れになってしまったが、気に留めることはない。今はこうしてゆっくりと股間をしごく至福のための道具にすぎない。

そしてもうひとつ——。

（フウッ……ハアァ……）

ジャージの中に手を潜り込ませた。

針でつつけば噴水のように流血しそうなほど、亀頭は血の色に染まっている。ずり落ちたメガネを直し、芋虫のような屹立を取り出した。こみ上げる心地よさに低く唸りながら、もう一度、深く長いため息をついた。

——視線の先には、４・３インチの小型の映像モニターがあった。テーブル上に置かれたそれを見つめながら、机の下ではあられもない行為を続けている。

画面には紺色の制服を着たＣＡが映っている。明るい電灯の下、彼女は見られていることに気づく様子もなく、姿見の前でジャケットのボタンを外し始めた。後ろ向きではあるが、鏡に向かっているため、クールな目元と気位の高い理知的な美しさを漂わせる表情も余すことなく見ることができる。

目を凝らした。

タイトスカートに包まれた丸い尻が艶めかしい。結いあげた黒髪を解き、彼女は首を左右に振る。ふわりと音を立てた艶髪が、波のように大きくうねった。部屋に漂っているであろう甘い香りを夢想した。

次いで首元のスカーフをほどき、ブラウスのボタンを一つひとつ外し始める。はだけた胸元から白い肌とブラジャーが覗いた。

画面に顔を近づける。確か先週は淡いピンクのブラだったはずだ。

息を荒げながら、ペニスをしごく手に力をこめた。

——ニチャッ、ニチャッ
尿道からは透明な汁が滴り、白い手指を濡らしている。自分の饐《す》えた匂いを感じながら、彼女が一枚一枚服を脱ぎ去るのを、息を殺して見入っていた。

彼女はブラウスをベッドに脱ぎ捨てた。やはり今日もピンクのブラジャーだが、先週のとは違うタイプのものだった。それよりも、窮屈そうに押しこめられたたわわな乳房に釘づけになった。

何度見てもいやらしい体だ。

この寮にあまたいるCAのプライバシーを覗き見ることこそが、俺の至福の時間だ。

もちろん、いま画面に映る彼女だけが目当てではない。

まだ他にも——。

ほくそ笑みながら、彼女の手がスカートのホックにかかる様子を焦れた思いで見入ってしまう。

腰を屈めヒップの丸みが強調された。はちきれそうに実った果実。見ているだけでよだれが出そうだ。肉のボリュームはそのまま女らしさに置き換えられる。彼女はいかにも窮屈そうにスカートを脱いでゆく。大きな臀部が邪魔をし、すんなりとは脱げない。自然、左右に尻を振り立て始めた。

——パサリ

足元から抜き取ったスカートがベッドに置かれる。紺のストッキングに包まれた尻があらわになった。細い腰のくびれから張り出した丸い尻は、ブラとペアのピンクのパンティを着け、薄いナイロンの上からでも、熟した食べごろの果実を思わせた。

瑞々しく、ハリのある柔らかな桃。

ストッキングを脱ぐと、むちっとした太腿や伸びやかな脚と相まって、その桃はますます魅力的な艶を放ちだした。画面を通してかぐわしい匂いが届きそうなほど、みっちりと果肉がつまり、弾力に富んでいる。

（……フウ……ゥ）

湿った吐息がモニターにぶつかったのか、先ほど食べたカップラーメンの匂いが返ってきた。

数日前、フライト前の彼女と会った。廊下を掃除していた俺はモップの手を止め頭をさげた。が、すれ違った彼女は歯牙にもかけず、ツンと澄ました表情で玄関ロビーへと歩いて行った。

俺のプライドは激しく傷ついた。彼女に悪意はない。そもそも俺など眼中にないのだ。歩くたび左右に揺れる肉感的な尻を見ながら、ぞっとするほど冷ややかな美貌と、ため息をつくしかなかった。

あの尻にペニスを押しつけたら、彼女はどんな反応を見せるだろう。男に抱かれるとき、理知的な美貌はどのように歪むのだろう。愛らしい唇は、どれほどの肉棒を咥え込んだのか——。

それを思うと、ペニスをしごく手は次第にスピードを増していく。

彼女は細い手を背中に回し、ブラのホックを外した。前回、彼女はブラを外す際、画面の外に行ってしまったので、拝めたのは下着どまりだった。

でも今夜は違う。鏡の前から移動する気配はない。望みどおりだ。

両肩からストラップを抜き取ると、ぷるんとたおやかな乳房がまろびでた。

（ハアッ……）

鼻息で液晶画面がわずかに曇った。食べごろの尻と同様、乳房もまた充実した熟れ具合だ。推定Fカップの乳に色素の薄いピンクの乳輪。小粒だが、吸い立てるとたちまち勃ってしまいそうに感度の良さそうな薄桃の乳首。

（アアッ……ハアッ）

あんないやらしい乳首をしていたのか——手の中の勃起がひとまわり大きくなった。熱く脈動し、込み上げるものを早く吐き出したいと叫んでいる。

パンティの前側には黒い茂みが透けていた。近づきがたいほどの美貌に似合わず、意外と濃いようだ。

ああ、あの柔らかそうな下腹に鼻を押し当て、思いきり匂いを嗅いでみたい。こんもりと盛り上がる逆三角形の奥から放つ女臭を嗅がれるとき、彼女はどんなに恥ずかしがるのだろう。もうすぐだ。あと一息で裸が見られる。

パンティ脇に細い手がかかった。前かがみに腰を折ったとき、

「野島さん、お疲れさまです」

管理人室の小窓がノックされた。

あわてて視線を向けると、制服姿のＣＡが笑顔で覗いている。

一瞬、言葉につまった野島だが、大きな瞳を輝かせた美貌に、別の意味で声をつまらせた。大丈夫だ、下半身はテーブルの下だから見えることはない。

ゆっくりと股間から手を抜き取った。さり気なくモニターのスイッチを切って笑みを返した。

「し、志摩《しま》さん、フライトお疲れさまです。宅配便、届いてますよ」

握っていた方と逆の手でガラス窓を開けた。

「あら、もう届いたんですね。今回は徳島ステイでスダチをいっぱい買っちゃったの」

「けっこう重いので部屋まで届けましょうか？」

「大丈夫、半分は野島さんへのお礼なの」

「お礼……？」

野島は意外な顔を向けた。

「ほら、この前パソコンを直してくださったでしょう。それに地方ステイのお土産の荷物もいつも受け取っていただいてるし……。そのお礼にスダチ酒を買ってきたのよ」

「あっ……どうも」

野島はテーブルの下で、付着した先汁をジャージになすりつけながら、胸元を盛り上げる『志摩亜希子《あきこ》』のネームプレートに目を向ける。

「管理人のお仕事にはもう慣れました？」

「え？　ええ、何とか……」

「二カ月なんて、あっという間ですものね」

「はあ……」

力なさげに応えるものの、春風にそよぐ一輪の花のような美貌に、勃起は硬さを増す一方だった。

「志摩さん、大丈夫ですか？　なんかお疲れ気味のようですよ」

動揺を逸らすため、適当に放った言葉にも、彼女は真面目さゆえの反応を見せる。頬に手を当て、

「……えっ、わかります？　今日は四便とも満席。二十九歳にもなるとさすがにこたえますね」

亜希子はおどけながらも少し気落ちしたように言うが、凛《りん》とした美貌は匂い立つような輝きを放っている。さすが、三年連続スカイアジアのＣＡカレンダーに選ばれた女性だ。卵形の小さな顔にきれいに結い上げた髪、黒目がちな瞳、高い鼻梁、形のいい唇――。

言葉を交わすごとにこぼれる白い歯と、品のいいピンクの口紅とのコントラストが魅力的だ。わずかにパールが輝くグロスにも控えめなセンスを感じる。

「野島さん、あいかわらず二日と上げずにメンテナンス？」

「ええ……最近じゃ、パソコンやタブレットの修理の依頼も多くて。まあ、僕もメカは好きですから、苦にはならないんですけどね」

「CAってフライト中、気が張りつめているからオフではワガママな子が多いでしょう。我慢できないときはガツンと言ってやってくださいね」

「はは……わかりました」

「じゃあ、あとで荷物を取りにきますから」

言いながら亜希子はキャリーを引いて自室に向かった。スリムな後ろ姿に丸く張り出したヒップ、すらりと伸びた美脚に嫌でも目を引きつけられる。

（ハア……）

その姿を見ながら、野島はニタリと笑った。

2

「ふう、疲れた――」

三階の自室に着いた。ハイヒールを脱いだ亜希子は、一段あがった絨毯を踏みしめた。革靴から解放され、ふっと軽くなった足は白いカバーのかけられたベッドへと向かう。照明を点けベッドに倒れ込むと、天井を見上げながらため息をついた。

今回は二泊三日のステイフライトだった。

年々きつくなる[*1]乗務パターンは月間七十～八十時間。

今日も全便満席の乗務のあとミーティングをし、乗務報告書をデスクに提出し、スカーフだけ抜き取った制服姿で、重いキャリーバッグを引きながら寮に帰ってきたのだ。

電車に揺られる間も、制服姿ではうっかり居眠りもできない。乗客の視線を集めるだけでなく、「さっきの便ではありがとうございました」などと声をかけられることもある。

帰宅し、自室のドアを閉めて、初めて心からの安堵のため息を吐きだすことができるのだ。

ここは京浜急行線蒲田駅から徒歩五分の場所にあるスカイアジア航空のＣＡたちが住む「白ユリ寮」。以前は空港から四十キロ圏内に居住するＣＡには、早朝と深夜に[*2]限りタクシー送迎がついたものの、長引く不況の煽りを受け、リストラや様々な手当のカットが行われた。そんな中、五年前に病院跡地に建設されたのが、この七階建てのCA向け社員寮だった。

亜希子が寮住まいをするのは、生活費を切り詰めたいという経済的理由もあるが、一人住まいをしていたころの苦い思い出による。

CAとなって三年目の春、大森《おおもり》にあるマンションを借りていたのだが、駅から歩いて二十分という夜道、しかも住宅街とあって一人歩きはいかにも怖かった。さらには一階という部屋もまずかった。干していた下着を盗まれたり、フライトで留守中に空き巣に入られたりもした。

あのときの恐怖はしばらく夢に見たほどで、何よりもセキュリティを優先すべきという思いを強く抱くようになったのだ。

出した結論は社員寮である。

入って正解だった。この寮のセキュリティは万全だ。

セキュリティばかりではない。設備も申し分ないものだ。

十畳の個室はビジネスホテルさながらに、机、液晶テレビ、クローゼット、姿見、小型冷蔵庫や簡易キッチン、ユニットバスが備わっている。

一階には、朝五時から夜十時まで開いている食堂、ランドリー室、深夜零時まで使用できるジャグジーつきの大浴場がある。それに魅力を感じたCAは思いのほか多く、今では五十部屋すべてが埋まっている。家賃は月六万円。これだけの設備と条件を合わせると破格の値段だ。

その管理人が野島茂之《しげゆき》だった。

二カ月前の三月末で前の管理人だった五十代の元ＣＡが退職となり、四十歳の航空整備士の野島が新しい管理人となった。リストラ対象だった野島が、同じスカイアジアの取締役に身を置く伯父のコネを利用して、何とか会社に残ろうとした結果がＣＡ寮・管理室勤務だったという噂もささやかれている。

当初、男性が管理人を務めることに反対の声もあがったが、メカニックあがりの野島は、エアコンやテレビの設置、ＯＡ機器の故障やパソコンの不具合に至るまですべて無料でメンテナンスし、ＣＡたちの信頼を大きく得ることとなった。

防犯アイテムにも詳しく、各個室の窓に警報アラームを設置しようと働きかけてくれたのも野島だった。念には念をと、エントランスや非常階段、ベランダには監視カメラが設置されている。

入寮して二カ月、三日に一度は起きるＣＡたちの家電や電子機器トラブルに嫌な顔ひとつ見せず部屋に駆けつけ、対応してきた彼の評判は上々だ。

かくいう亜希子も、先日突如フリーズしてしまったパソコンを見てもらったばかりだった。

（野島さん……いい人だけど、時々ふっとあの目が気持ち悪くなるのよね……そして、あの体型も……）

野島に感謝しつつも、メガネの奥から刺さる粘つくような視線と肥えた体に、ときおり言い様のないおぞましさを亜希子は感じていた。

（でも、親切だし後輩たちにも評判良いし……見かけで判断しちゃだめよね）

ぼんやりと天井を見つめながら、あの男の細い目を反芻した。

と、そこにメールの着信音が鳴った。ポケットの携帯を開くと柴崎《しばさき》徹《とおる》の名がある。恋人からの連絡に、疲れがふっと和らいだ。

徹は亜希子より四歳上で三十三歳の大手商社マン。

知人の紹介で付き合い始め、もうすぐ一年になる。ＣＡと商社マンのカップルは多く、結婚率も高い。夫が海外勤務になった際、社交性があり語学も堪能なＣＡは、商社マンの妻としてうってつけと言うわけだ。

自動車システム部に籍を置く彼は海外出張も多く、なかなか会えないのが目下の悩みだが、その分いい距離感で愛を深めている。いずれは結婚も考えている相手だ。

毎月のフライトスケジュールを転送しているので、彼は亜希子の帰宅を見計らって連絡をくれたのだ。

『亜希子、お疲れさま。もう寮に着いた？　よかったら電話して』

そのメッセージに、亜希子は高鳴る胸を押さえながら携帯を操作した。

『もしもし』

ワンコールで耳触りの良い低音の声が返された。

「グッドタイミングよ。ちょうどいま帰ってきたの」

亜希子はベッドに寝たまま、横にある姿見に映った自分を見た。恋人と話す表情は、先ほど野島に指摘された疲労感など消え去ったかのように輝いている。鏡の中の浮かれた顔を眺めながら、嬉しさに声を弾ませた。

『お疲れさま。こっちは残業中でフロアには俺だけさ』

「遅くまで大変ね。いつも思うんだけど、夜の会社に一人って怖くない？」

『全然。亜希子みたいに重力に逆らって空を飛んでる方がよっぽど怖いよ』

「ふふっ……、徹のそんな皮肉屋なところ、好きよ」

片手でピンを外し、結髪を解いていく。

『好きなのはそこだけか？』

「う～ん、あと心配性のところも」

亜希子は鏡の中の自分を見つめたまま笑みを作った。

『おいおい、そんなこと言うなよ。いろいろ気を遣ってるんだぜ』

「ごめんなさい、心配されて嬉しいときもあるのよ。愛されてるんだって」

自分でも呆れるほど甘い声を出していた。

『今回の二泊三日は大変だったみたいだね』

「ええ、始発便で始まって、最終便で終わるパターンはけっこうキツかった。でも、その分、ステイ先の熊本でしっかり観光できたわ」

亜希子は、水前寺公園で見た色鮮やかな菖蒲を思い出した。散策しながら、隣にいるのが後輩ではなく、徹だったらいいのにと思ったものだ。

前に抱かれたのは半月ほど前。徹が予約してくれた日本橋のホテルでのめくるめく夜が思い出された。

――シャワーを済ませ、バスタオルを巻いたままバスルームを出ると、背後から抱き締められた。そのままベッドに押し倒され、徹が覆いかぶさってくる。

唾液が糸を引くほど濃密なキスが繰り返され、舌がゆっくりと耳元を這い回る。

熱い息を何度も吹きかけられ、亜希子はそのたびに湿った吐息を漏らし続けた。
唇は首筋を伝って乳房におりてくる。徹はバスタオルを剝ぐと、乳房に顔をうずめ頰ずりを始めた。チロチロと乳肌に舌を這わせるが、肝心の乳首にはなかなか触れてくれない。もどかしさだけが募り、自分から乳房をせり上げ愛撫をせがんだのだ。

（んっ……あ……）

いつの間にか亜希子の手はスカートの中に忍び込み、ストッキングに包まれたこんもりとした恥丘を撫でさすっていた。

――そして、乳首をすくいあげるように、下からねっとりと舐め始めた。
初めはソフトな舌づかいで軽く乳首を弾き、亜希子の息遣いが荒くなると乳房を絞り上げ、真っ赤に熟れた果実を吸いしゃぶった。蠢く舌先は、乳房がふやけてしまうほどたっぷりと愛撫を与えてくる。そして、脇腹とヘソを通過し、鼠蹊部をたどり、ワレメへとおりてくる。内腿を這い回る舌先が蜜を湛えた粘膜に触れる瞬間、亜希子はいつも「あっ……」と甘やかな喘ぎを漏らしてしまう。

左手で携帯を持ちながら、右手の中指は縦に割れた濡れ溝に沿ってさすってい
た。繊維ごし、花びらの上に充血したクリトリスが物欲しげに尖っているのが自
分でもよくわかる。中指で揉みほぐせば、尾骶骨から背筋に向かって軽い電流が
這い上がってきた。

アア……気持ちいい……。

『おい、亜希子、聞いてるのか？』

その声に我に返った。

「あっ、ごめんなさい」

『なんだ、聞いてなかったのか』

「いえ……あの……何の話だっけ」

『だから、昨日取引先の接待で銀座の土佐料理店に行ったんだけど、これが当た
りでさ、亜希子を連れていきたいんだよ。亜希子、高知ステイはなかっただろ
う？　カツオのしゃぶしゃぶって食べたことあるかい？』

唐突な質問に一瞬、指の動きが止まった。

「カツオのしゃぶしゃぶ？　初めて聞いたわ」

『だろう？　鍋もあるし、うまい日本酒もそろってるんだ』

「ヘルシーで美味しそう。お酒が進みそうね」

『で、次いつ会える？』

いつ会える？　と訊かれて、亜希子の体は先ほどの火照りをぶり返さずにはいられなかった。徹の唇、肌を這う指、粘膜をこじ開けて突き刺さる逞しい男の象徴――それらが再び思い出された。

「……いますぐ……」

亜希子はパンティに潜り込ませた手で、早くもじかにクリトリスを弄《いじ》っていた。ピンと立った肉芽が力強く指腹を押し返してくる。淡い潤みが指先を濡らすともう我慢ならなかった。

ベッドに横たわったまま右手でブラウスのボタンを外す。前をはだけ、ブラジャーをたくし上げると、ぷるんと飛び出した乳房が冷気にさらされる。乳首を摘まむと、すでに乳頭が硬い尖りを見せていた。

ああ……吸われたい……。

親指と人差し指でころころ転がすと、二倍にも膨らんだかと思える蕾がさらに硬さを強めていた。

もうすぐ生理だろうか。かすかな痛みが走り、乳房もたぷんと張っている。炎で炙られるような快楽が、全身の隅々まで燃え広がっていく。

「んっ……徹……」

口を衝いて出た声に、徹も淫靡な空気を察したのだろう、

『なあ……亜希子……あの音、聞かせてくれよ』

声をひそめてきた。あの音――逢えない二人が時々使う暗号だ。

『まだ制服のままだろう？』

「……え、ええ」

携帯の声からは興奮が伝わってきた。そう、徹はＣＡの制服が好きなのだ。

以前、「制服姿の亜希子を抱きたい」と言う願いを、一度だけ叶えたことがある。空港隣接のホテルの一室で、離着陸する飛行機を窓ごしに眺めながら、バックから激しく突きまくられた夜だった。鏡がわりとなった大きなガラスに映る自分の痴態を見ながら、亜希子もまたいつになく激しく燃え、自ら腰を振り立ててしまった淫らな瞬間――。

仰向けのまま、パンティとストッキングを膝まで引きさげた。

淡い陰毛を梳きながら、しこり始めた肉真珠を撫で、ぴったりと閉じた花びら

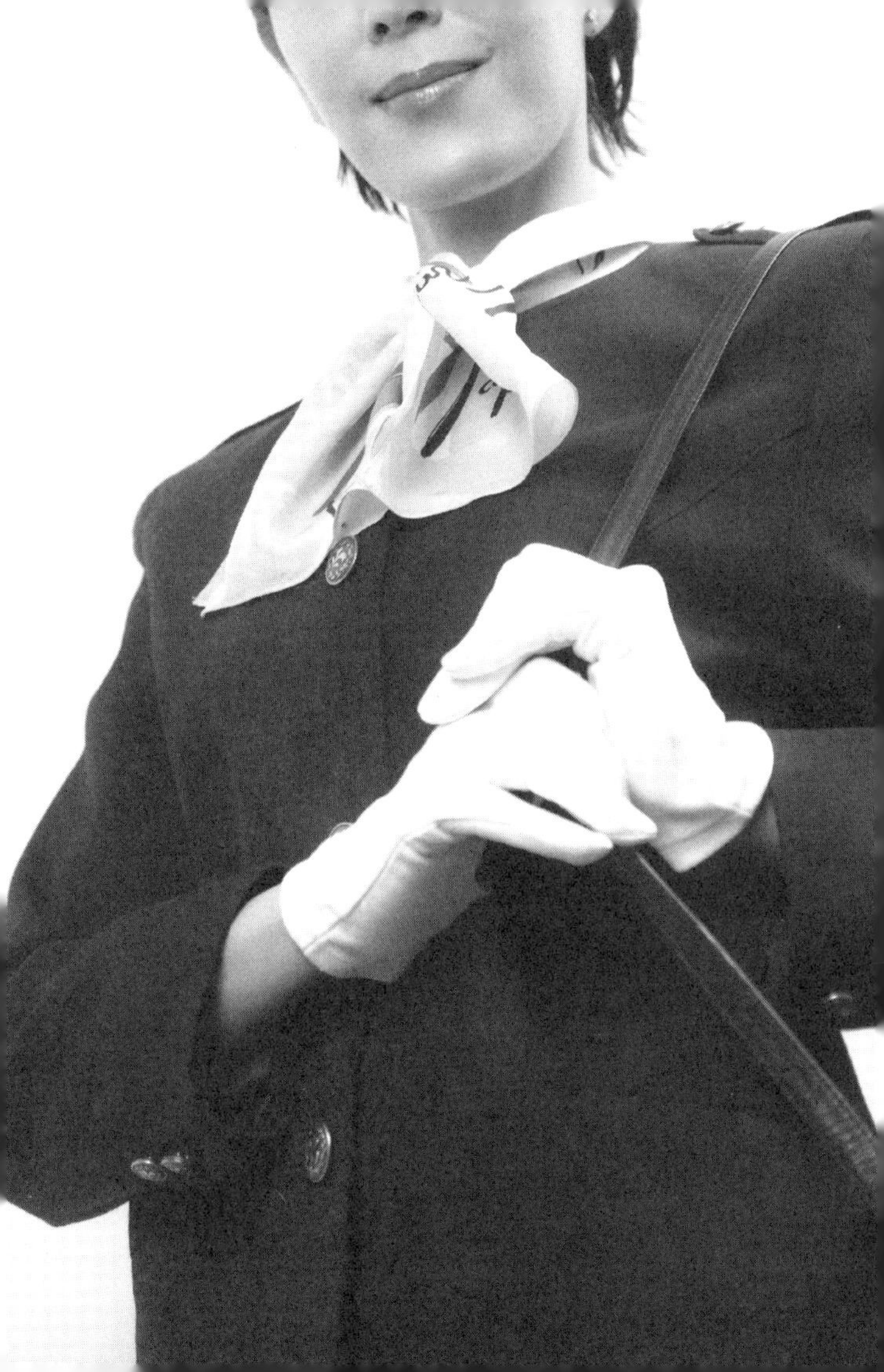

の合わせ目に指を這わせる。

「んんっ……」

太腿がわずかに震えた。よじれた二枚の花びらのあわいを割り広げると、蜜はすでに潤み、秘めやかな裂け目をたどる中指の先を濡らしていく。

「はぁ……ぁ……」

冷気が粘膜を嬲《なぶ》ってくる。

数回往復させながら圧を加えると、柔らかな肉はいとも簡単に指を沈み込ませた。吸着する粘膜に抗うように指を抜き差しすると、かすかに漂う女の匂いが次第に濃厚になっていく。

クチュッ、クチュッ……。

浅瀬にもかかわらず、粘つく水音が耳を打った。卑猥な音にあと押しされるように体は粟立ち始め、流れる血潮も熱く淫猥に温度を高めていく。

亜希子は左手で持つ携帯をスピーカーフォンにし、湧き出る泉へと近づけた。

クチュクチュと粘膜を掻きまぜながら、

「ンンッ……徹……聞こえる……？」

掠《かす》れる声のまま問いかけた。

『ああ、聞こえるよ。もっとたくさん聞かせてくれ』

通話口からは平静さを装った声が返された。だが違う。誰もいないオフィスのデスクで、徹はひとり股間を膨らませているはずだ。クールさを装えば装うほど、その裏にある劣情を孕んだ声に、亜希子の体も愉悦に染まっていく。

蜜液まみれの右手中指を口に含んだ。酸味を含んだ女の味が舌を刺激する。たっぷりと唾液をまぶした指で、乳首を摘まめば、いっそうしこった先端が指腹を押し返してきた。再び女の泥濘《ぬかるみ》へと沈み込ませた。

「あんっ……ああ」

潤沢な蜜と唾液で指はスムーズに呑み込まれた。根元までうずめた指を、膣ヒダがねっとりと締めつけてくる。ヌプリと挿し入れた音を、左手の携帯がしっかりと捉えているはずだった。熱いヌメリを感じながら、亜希子は鉤状に折り曲げた指で、自分が最も感じる場所——膣壁前方上のGスポット付近をゆっくりとこすりあげた。

ジュポッ……クチュッ……クチュチュッ……

「ああ……」

尻が震え、ぴんと伸ばした脚が痙攣した。しかし、手の動きは決して止めない。

いや、止められない。蜜を湧きだす源泉はとどまることを忘れたかのように、こんこんと熱い女汁を溢れさせている。

クチュチュッ……クチュリ……ジュププッ……。

『すごい、よく聞こえるよ……』

下腹に押し当てた携帯から感嘆の声が聞こえてくる。空気を震わす徹の声は、皮膚の下にある子宮にまで響く気がした。亜希子の指はなおも激しく粘膜を掻きこすった。ときおり膝を立て、指の角度と深度を変えては欲するままの快楽を体に刻んでいく。先ほどよりも激しい水音が室内に響いていた。

『亜希子……早く抱きたい』

「ん、んんっ……私も」

狭隘《きょうあい》な肉路に食い込んだ指は、甘美な摩擦で亜希子を蕩けさせていく。白い喉元を反らせながら、亜希子の指はとり憑《つ》かれたように何度も何度も柔肉を貫いた。

ズチュッ、ズチュッ……

「ンッ……気持ちいい……気持ちいいの……」

我慢ならなかった。携帯を下腹の上に置き、左手で乳房を包み込んだ。徹に慎ましげで形がいいと褒められた乳房の中心には、はしたないほど硬化した乳頭が物欲しげに尖っていた。徹がするように、乳輪の輪郭をまるくなぞりながら、徐々に幅をせばめ、乳首をひねり潰した。

「くぅっ、んん……」

痺れるような快感が乳首から子宮へと一気にかけおりた。右手での抜き差しはいっそう激しさを増していく。溢れる蜜は会陰から肛門を伝い、ベッドカバーを濡らしているに違いない。

「あうっ……くうっ」

切なげに呻きながら顔を横に向けると、姿見の中で身悶える亜希子の姿が映っていた。頬を紅潮させ、瞳は潤み、額に汗を光らせた端正な顔が歪んでいる。声にならない喘ぎが喉奥から立て続けに漏れていく。

己の痴態と対面しながら、指の律動を速めた。

「ぁああんっ……聞こえる……？　ねえ……」

亜希子は挿し入れた指を二本に増やし、潤沢な蜜液を湛えた秘園を攪拌した。いっそう音量を増した粘着音が室内に反響する。その音を拾う携帯は亜希子の下腹の上でうねりに任せて揺れ、その向こうにいる男の欲情した姿に想いを馳せさせた。

『……すごくよく聞こえるよ。亜希子はいやらしいＣＡだなあ』

「いや……言わないで」

『普段は澄ましてるのに、ベッドでは淫乱になるの、自分で気づいてるか？』

「んんんっ……やめて」

『また制服のままバックから挿れてやろうか。いや、今度は亜希子の乗務する便に乗ってトイレでいけないことしようか』

「……いや……いじわる」

熱い塊がドロリと滴った。室内は甘酸っぱい匂いが充満していた。

『そうだ、前にプレゼントしたモノ、使ってくれよ』

「えっ……今から？」

『ああ、頼むよ』

亜希子はいったん手の動きを止めた。もう少しで到達できたはずの頂きが遠ざかり、わずかに落胆した。だが、携帯ごしの声はさらに興奮を増しているようだ。

クチュ……。

うずめていた指を抜くと、白濁液がべっとりとまぶされた二本指が現れた。さらに濃くなった自分自身の淫臭が鼻孔に触れる。えぐ味の効いた酢酸を薄めたような匂い――。抑えきれない獣欲の証が、いっそう亜希子を淫靡な世界へといざなっていく。

気持ちは急速に冷えていくものの、のちに訪れるあの快楽を思えば、それも一時の焦らしの時間だと置き換えればいい。

中途半端におろしていたパンティとストッキングを脱ぎ、亜希子は下半身裸の状態でベッドから降りた。上半身が制服だけに滑稽ともいえる姿だが、身なりなどかまっていられる余裕などない。ただ快楽のみを追い求めていた。

ティッシュで指のヌメリを拭くと、クローゼットを開けた。ハンガーにぶら下がる洋服をかきわけながら、奥にある青いポーチを取り出した。

再びベッドで仰向けの体勢を取ると、中身を取り出した。

半透明に艶めく楕円の玩具――ピンクローターだ。

「持ってきたわよ……」

左手に持った携帯で伝えると、

『じゃあ、スイッチ入れて』

鼻息を荒らげた声が返ってきた。

胴部に備えつけのスイッチを押すと、小さな玩具は激しく振動した。

ヴィーン、ヴィーン——。

静かな室内にモーター音が響き渡る。一瞬、隣室に聴こえないかと危ぶんだが、隣のＣＡはステイで不在のはずだし、角部屋のためもう一方は心配ない。亜希子は安心してレベルをマックスにした。

『よく聞こえるよ。まずは……そうだな乳首に押しつけてみて』

徹の声が色めきたった。

「でも……」

欲望を宙吊りにされた亜希子の口から拒絶の言葉が出た。さんざん刺激を受けた女の口は渇ききらないまま、早く挿れてほしいとヒクついている。亜希子の持つローターは熱い滴りの源泉に近づいた。

「お願い……早くアソコに……ねえ、いいでしょう?」

鏡を見ながらすがるように訊ねた。紅潮した頬がわずかに引き攣《つ》っている。断られても今夜はもう我慢できそうにない。いつもより疲労の漂う体は性感が研ぎ澄まされ、一刻も早く達したいと情欲を高めている。

「お願いよ……」

『仕方ないな……今日は特別だぞ』

その返答を聞くなり、亜希子は安堵して目を細めた。右手に握ったローターをふっくらとした下腹に寄せ、薄く柔らかな叢《くさむら》へと忍ばせる。そのままますべらせるように、これ以上ないと思えるくらい肥大し硬く尖ったクリトリスに押しつけた。

「あんっ……あぁぁ……」

ビリビリと流れる電流が敏感な一点につき抜け、総身が大きくのけ反った。その拍子に携帯は耳元から落ちたが、もうかまっていられなかった。左手でローターをクリトリスに押し当てたまま、右三本の指を性器にねじ込んだ。キュッと収縮した膣壁が指を締め上げてくる。粘膜を掻きだすようにGスポットをこすりあげると、脊髄にズキン……と快楽の戦慄が一気に這いあがっていった。

「くうっ、くううぅっ……！」

『いやらしい音だな……もっと聞かせてくれよ』

衝動に突き動かされるまま、手首のスナップを効かせる。片膝を折って体重を移動すると指の当たる角度が変わり、弾ける水音もより反響した。

振動する機械をさらに強く押し当てた。淫靡に濡れていく自分の肌を見つめながら、茹だったゼリーのような女の肉を掻きこすった。鋭く尖るクリトリスとは裏腹に、膣肉は深々と爪を沈ませるほど蕩けていた。粘膜が泡立ち、愉悦の電流はとどまることなく津波のように押し寄せてくる。

　グチュ、グチュ……ヴィーン、ヴィーン……

　あられもない音とともに、押し殺すような亜希子の喘ぎが静謐な室内を満たしていた。

　もうすぐ来る。快楽の大波が――。肉がこそげ、粘膜が大きく引き攣《っ》れ、血液が沸騰しそうなほど沸き立っている。尾骶骨から背筋に稲妻が走り抜けた。

　アアッ……イキそう――。

「クウッ……徹っ……イクッ……もうイクゥゥッ……！」

　そう叫んだ直後、総身は大きくもんどりうった。爪先までぴんと伸ばした脚ががくがくと震えている。反射的に見つめた鏡の中には苦しげに眉根を寄せ、首にスジを浮かべる亜希子の姿があった。半開きにした唇からは、湿った吐息とともに白い歯がこぼれている。

　恍惚を極めた達成感と羞恥に彩られたまま、

「ああ……イッちゃった……」

息を荒らげながらスイッチを切った。

充血した瞳がやけに淫らに光っていた。溢れる花蜜は湯気が立ちそうなほど熱を籠らせ、逆立つ陰毛の奥からは、自分のものではないような獣じみた匂いが放たれていた。

『いい声だったよ……亜希子』

顔の下で響く冷静な声に、慌てて携帯を耳に当てた。

「ご、ごめんなさい……私ったら、つい……」

人心地着くと、とたんに恥ずかしさが込み上げてきた。

徹とのテレフォンセックスは初めてではないにしろ、一方的な絶頂を極めたあとに待っているのは虚しさだけだ。

おまけに徹はいま残業中。いくら彼の要求とはいえ、断るという選択もできただろう。バツが悪くなり、咄嗟に言葉を重ねた。

「ね……ねえ、土佐料理のお店には来週の——」

『悪い、誰か来たみたいだ、また電話する』

そう言い残し、通話は切られた。

亜希子は仰向けになったまま、大きく息を吐いた。

その絶頂の激しさとは裏腹に、満たされない思いが亜希子を包んだ。剝きだした乳房の先端はいまだ硬い尖りを見せ、太腿の中心からは、粘つく愛蜜がしとどに内腿を濡らしている。

亜希子の指は再び秘唇をまさぐっていた。包皮の剝けきったクリトリスが指腹に触れると、軽い電流が恨みがましく背筋を走った。吐息は甘やかな唾液の匂いがした。

そのとき、先ほど会った野島の細い目が思い出された。脂じみたメガネの奥から覗くあの爬虫類のような眼差し。白く肥えた体。

おぞましさに背筋がぞくりとした。

だめ――人を外見で判断しては。

野島のメカに対する知識、能力は素晴らしい。彼がいればこそ、大森のマンションの時のような恐ろしい目に遭わないでいられるのだから。

もう、あんな思いはしたくない。金銭的な被害よりも、部屋に侵入され荒らされたことが、何よりも心に深い傷を残した。

下着は散乱し、なんと脱いで洗濯カゴに入れていたパンティには精液が付着していたのだ。

亜希子の留守中に空き巣がどんなことをしていたのか。

想像するだけで体中が震え、立っていられなかった。でも、己を鼓舞し警察に届けた。警察は部屋を入念に調査した。何を盗られたのかを事細かに聞かれた。まるで、自分が犯人のようにさえ感じられるほどの追及ぶりだった。

当然、精液の付いた「使用済み」のパンティも調べられ、証拠品として持っていかれた。

言いようのない羞恥心に身を焦がされた。そんな亜希子の気持ちなど斟酌《しんしゃく》することなく、警察は調査を終えると防犯に関する注意事項を伝えて引き上げた。

なんだか、二度、蹂躙された気分になった。

二度と経験したくない。この部屋ならきっと安全だ。

またも野島の細い目が脳裏を過《よ》ぎった。

どうにも受け付けない。生理的に拒んでしまう。空き巣被害に遭った時と同様の不快な気分になるのは気のせいか——。

深く息を吐いた。

亜希子の手は二回目の絶頂を極めようと、ローターを握り締めた。

第二章　大阪の夜

1

抜けるような青色の世界の下、果てしない雲海が広がっている。

エプロン姿の亜希子は、ハンドセットを握り、客席に笑顔を向けた。

「皆さま、ただいまからお飲み物のサービスをさせていただきます。お飲み物は温かいコーヒー、日本茶、スープのご用意がございます。また、冷たいウーロン茶とオレンジジュース、アップルジュースもございますので、ご希望のものを乗務員までお申しつけください。なお、大阪国際空港伊丹到着は定刻の十六時半を予定しております」

サービス開始のアナウンスをし、ハンドセットを戻す。

午前中に始まったフライトは羽田―函館を往復し、残るはこの大阪行き一便のみである。北方面は不安定だった天候も一転、西の空は穏やかで、飛行機は順調に大阪へと航路を進めている。

機種は、座席数約二百六十のボーイング767。CAは七名。

亜希子はこの便のパーサー[*3]だ。

「亜希子センパイ、行ってきます」

「はい、行ってらっしゃい」

CA二名がカートを押しながらキャビンに出た。

大阪便は飛行時間が一時間と短いため、スピーディーに業務をこなさねばならない。ざっと見たところ、皆てきぱきと応対し、問題はなさそうだ。乗客も飛行機に乗り慣れたビジネスマンが多い。

亜希子も飲み物や雑誌のリクエストに奔走する。

ひととおりのサービスが終わり、ギャレー台で書き物をしていたとき、

「担当エリア、終了しました」

最年少の後輩CA、松本《まつもと》梨乃《りの》がカートを引きながら、ニコニコ顔で戻ってきた。

二十三歳の彼女は亜希子と同じ班で、同乗フライトも多く気心の知れた仲である。

「お疲れさま。あら、なにかいいことあったって顔してるわよ」

「わかります？　７Ｋのお客さまに名刺もらっちゃった」

梨乃は浮かれ顔でギャレー下にカートを戻しロックする。

「またもらったの？　相変わらずモテるわね」

亜希子は苦笑した。

キュートなアイドル顔がウケるのか、エプロンの上からでもわかる豊満なバストが男心をそそるのか、はたまた上手に色目を使うのか、梨乃はフライトのたびに客たちから名刺をもらってくる。

「ふふっ、ちょうど右下に知多半島がきれいに見えたので、ルート案内をしただけですよ。それで話がはずんだんです」

梨乃は嬉しそうにエプロンのポケットから名刺を取り出した。見ると、大手広告代理店の社員だ。名前は『川瀬秀樹《かわせひでき》』とある。

「まあ、電博堂《でんぱくどう》じゃない。うちの会社担当の広告代理店よ。どんな方？」

「けっこうイケメンなんですよ。ちょっと来てください」

梨乃は閉めたカーテンのそばから手招きをする。

「ほら、あの人」

言われるままカーテンの隙間から覗いてみると、パソコンを繰る青年の姿があった。歳は三十くらいか。清潔感ある短髪に、誠実そうな切れ長の目。紺のスーツにシルバーのレジメンタル・タイもなかなかセンスがいい。

「彼、素敵でしょう? 実はお食事に誘われたんですが、今夜の大阪ステイで先輩もご一緒しません? むこうも現地の同期と合流して男二人なんですって」

梨乃はノリ気だ。

恋人と別れたばかりだという彼女は、遊びたい盛りなのだろう。合コンもしょっちゅう行っているようだし、こんなふうに機内で声をかけられて意気投合すれば平気でデートもする。

現代っ子といえば現代っ子だが、好奇心旺盛で怖いもの知らず。仕事はそつなくこなすが、時に大胆で無鉄砲。

そんなフットワークの軽さと、小悪魔的な性格も人気の秘密なのだろう。

少々生意気に思える不思議な魅力を持った梨乃を、亜希子はいつも温かい目で見るのだった。

「ねえ、先輩、一緒に行きましょうよ」

「他の人を誘ったら？　私以外にも五人いるんだし」

断ったのは徹のことがふっと頭に浮かんだからだ。

焼きもち妬きの彼のこと、万が一バレてしまったらおかんむりだ。以前も、パイロットたちとの食事会のことをうっかり話してしまい、機嫌を直すまでけっこうな時間を要した。

「うーん、他のメンバーとはイマイチ行く気にならないんですよね。木島《きじま》さんは酒グセが悪いし、牛田《うしだ》さんは制服脱いだらただのブス。東さんは産休明けでオバサン体型。瀬戸《せと》さんは丹羽《にわ》キャプテンと不倫の真っ最中で他の男は眼中にない。白井《しらい》さんは美人ですが、新婚ホヤホヤの人妻。私としてはキレイで未婚の亜希子先輩を連れていきたいんですよ。カレンダーガールを連れていけば私の株も上がるじゃないですか」

梨乃はあっけらかんと言い放つ。よくもまあここまで……と、開いた口がふさがらない。

「ね？　ちょっとだけお願いします」

可愛く拝むポーズに亜希子は口ごもった。

男性客と食事などと知ったら、徹はさぞ怒るだろう。亜希子のフライトスケジュールを把握しているはずだから、今夜も連絡があるに違いない。男の気配があると、徹はとたんに不機嫌になるのだ。

一瞬曇らせた表情を読み取ったのか、

「もしかして、徹さんのこと気にしてます？」

「えっ」

徹とは数回会わせたことがあるので、梨乃も事情は知っている。

「先輩って、ほんっとマジメなんだから。人生、損してますよ。恋人は恋人。でも、一人の男に縛られると、貴重な出会いを逃すことだって……。これも何かの縁と思って、今夜は付き合ってください」

「でも……彼から連絡が入るかもしれないし」

「大丈夫。ちょっとご飯食べてるって私の名前を出せばいいじゃないですか。なんなら私が代わりに話して安心させてあげますよ。ね？」

「う～ん……」

「女は迷っちゃダメ！　もう決まり」

まんまと乗せられて亜希子は「じゃあ、少しだけよ」と承諾した。承諾せざるを得ない強引さだ。でも、こんな風に無邪気に甘えられる梨乃をどこか羨ましくも思う。

そして、機体は徐々に高度を下げ、着陸態勢に入った。

2

フライトが終わり、新大阪のホテルに着いたのが午後六時。シャワーを浴び、急いで私服に着替えて待ち合わせ場所の北新地へとタクシーを飛ばす。

シンプルなブルーのワンピース姿の亜希子に対し、梨乃はピンクのサマーニットに白いレースのミニスカート、足元もワンポイントのついた肌色ストッキングに白のパンプスと抜かりがない。

私服に着替えた梨乃の巨乳はさらに目立ち、同性ながら目のやり場に困ってしまう。二人とも結い上げた髪を解き、タクシーの中で手早く化粧直しをする。

「断っていたわりには、お化粧が念入りですね」

パウダーを叩きながら、梨乃はくすりと笑う。

「こら、梨乃！」

「あっ、着きましたよ。このビル」

指定された店は、本通りにある焼き肉店。入り口で名前を告げると、店員は恭《うやうや》しく奥の個室へと案内してくれた。

「すみません、お待たせしました」

亜希子たちが部屋に入ると、男性二人が椅子にかけたまま振り向いた。

一人は川瀬。もう一人は野性的な顔立ちの大柄な男だった。

二人の視線が吸い込まれるようにして梨乃の胸元に注がれる。

梨乃の方も誇らしげな笑顔で受け止めた。男たちは亜希子に気づき、あわててニッコリ微笑んだ。

(まったく、男の人ってわかりやすいんだから)

ほどよく照明を絞った室内は高級感に溢れ、黒塗りのテーブルとイスが四脚。壁際には色鍋島《いろなべしま》と思われる大皿が飾られ、竹柱《たけばしら》の花入《はないれ》からは雪柳がしなやかな弧を描いて可憐に咲いている。

「今日は来てくれてありがとう。私服だとずいぶん雰囲気変わるね」

川瀬が立ち上がった。

「川瀬さん、今日はお誘いありがとう。先輩の志摩亜希子さんです」

亜希子が会釈する。

「志摩さん、今日はパーサーでしたね。しかも三年連続スカイアジアのカレンダーにも出られたとか。僕は川瀬、こちらは同期の鳴海《なるみ》です」

鳴海と呼ばれる男性は、

「おいおい驚いたなあ、こんな美人二人を機内でナンパしたなんて」

かしこまった雰囲気を和らげるように言葉を継いだ。

「ナンパだなんてやめろよ。たまたま意気投合しただけさ。な、梨乃ちゃん」

「もうちゃん付けで呼ぶ仲かよ。まあ、お二人さんとも座って」

促されるまま、亜希子と梨乃は上座に座り、改めて自己紹介となった。

「初めまして。鳴海信《しん》です」

ビジネスマンにしては長髪の鳴海が名刺を出した。

差し出された名刺には『電博堂・第一営業部・AE・鳴海信』と記されている。

「じゃあ、ビールも来たし乾杯しようか」

四つのグラスが小気味いい音を鳴らした。

スマートにグラスを傾ける川瀬に対し、鳴海は喉仏を震わせ豪快に呑み干していく。

分厚い唇がプハッと息を吐いた。落ち着いた川瀬よりも、鳴海は数倍やんちゃで百倍危険な匂いを漂わせている。

梨乃はそんな鳴海が気に入ったらしい。盛んに話しかける顔はキャビンで見る顔より数段輝いて見える。

次々と料理が運ばれてきた。ねぎタン塩に、ユッケ、チャプチェ、特上カルビに上ハラミ、上ロース、海鮮焼き、サンチュ。またたく間ににぎやかになったテーブルの皿を、亜希子と梨乃が焼いては四人がテンポよく平らげていく。

特に鳴海は食べっぷりがいい。少々焦げようが、逆に半ナマだろうが構わず口に放り込み、豪快に酒で流し込んでいく。

健啖ぶりを発揮する鳴海は得意げに言った。

「この店の名物、ニンニクロース、食べてみない？　ちょっと他では味わえない絶品の焼肉だよ」

「ニンニク……？　私たち明日もフライトがあるのでニンニクは禁止なんですよ」

「そりゃ惜しいな。ＣＡに営業妨害をするわけにはいかないから無理には勧めないけど、ここに来てニンニクロースを食べない手はないよ」

するとと、梨乃が飛びついた。

「そんなに美味しいんですか」

「ああ、ステーキ並の分厚い肉をこの店秘伝のニンニクダレに漬け込んであるんだ。厚くても柔らかくてジューシー。口の中で蕩けるよ」

当然のように梨乃は食べましょうよと懇願してきた。

「でも、明日のフライトが……」

「牛乳飲めば大丈夫ですよ。それに、口臭消しのサプリだってあるんですし。実は、福岡ステイのとき、こっそりモツ鍋食べたことあるんですよ。でも、翌日誰にも気づかれなかったんだから。鳴海さん、お願い」

「そうこなくちゃ」

亜希子の意見など聞かれることなく鳴海はニンニクロースを頼んだ。

しぶしぶ箸をつけた亜希子だが、いざ、食べてみるとどうだ。肉の柔らかさ、まろやかな味、そして蕩けるような舌触りにあっさり陥落してしまった。

男性二人は三十一歳。ともに東京出身だが、二年前から鳴海は大阪支社に配属されたと言う。

「志摩さんと梨乃ちゃんはどこの出身？」

ビールからワインに切り替えた鳴海が梨乃に訊く。

「先輩は札幌で、私は高松です。二人とも地方だから寮住まいなんですよ」

「寮ねぇ。当然、男子禁制なんだろう?」

「ええ、もちろん」

「どうして寮なんかに」

「……親がうるさくて」

空き巣のことは話したくない。

「親か。いまどき珍しいね。やっぱり門限とかあるの?」

「いえ、さすがに門限はありませんけど、お局《つぼね》寮長さんがうるさくてうるさくて。ねえ? 先輩」

ほろ酔いの梨乃は調子に乗り始めた。

「ちょっと……梨乃、呑みすぎよ」

横から肘でつつくも、勢いづいた梨乃はとまらない。

「CAって仕事の時間が不規則じゃないですか? 生活音がうるさいとか、パジャマのまま廊下をうろつくなとか、もうやかましくって」

「へえ、CAのパジャマ姿か、見てみたいなあ」

川瀬が頬を緩ませる。

「ダメダメ。キャビンでキレイでも、すっぴんのまま食堂で納豆定食とか食べてる人を見ちゃうと興ざめですよ。ああ、みんな制服マジックにだまされてる～って」

「梨乃、いい加減になさい」

「ひどい人なんて、お風呂上がりに顔にシートパック張ったまま歩いてるんです。お前は犬神家のスケキヨかって、内心ツッコミ入れてますよ。あっ、青沼シズマか」

亜希子は呆れるばかりだ。

「あっ……と、亜希子先輩は別ですよ。部屋着だってオシャレな『セオリー』。あれ高いんですよね」

「もう……おしゃべりなんだから」

「まあまあ、いいじゃない。それにしても梨乃ちゃんはユニークな子だなあ。さ、もっと呑みなよ」

鳴海が梨乃のグラスにワインを注いだ。

「ありがとうございます。やっぱり今日は来てよかった」

「ところで、CAって、ストーカーに遭ったりしないんですか」

川瀬が改まったように亜希子に訊いてくる。

「今のところは……。寮住まいですし」

「僕の友達にCAマニアがいて、そいつ、飛行機に乗ると必ず好みのCAをチェックするんです。CAってネームプレートを付けているでしょう。それで、名前を覚えておいて、フェイスブックやツイッターで検索するんです。それで、その子が乗務する飛行機を調べ、それに合わせて乗ったりして」

「そうですね、そういうことってありますね。ですから、CAの中にはネームプレートに偽名を表示している子もいるんです」

「なるほど、ひょっとして志摩さんも？」

「私はそんな心配ありませんから」

「そうかな、美人だけどな」

川瀬が興味深そうに言うと、

「おまえ、早速、フェイスブックとかツイッターをチェックするんだろう」

鳴海が肘で川瀬の脇腹を突いた。

和やかに食事が進むにつれ、梨乃はすっかり鳴海と意気投合している。

「ふう、腹もいっぱいになったし、次の店いこうか」

締めのユッケジャンスープを啜りながら、鳴海が誘ってくる。

「賛成！」

梨乃はデザートのアイスを食べながら、目を輝かせた。

「梨乃、明日の集合は朝七時よ。これで帰りましょう」

「まだ九時ですよ。先輩一人で帰ってください。私はあと一軒だけ寄って帰りますから」

「ダ～メ！　フライトの十二時間前は飲酒禁止よ」

「まあまあ、固いこと言いっこなし。今日はわたくし鳴海が責任を持って梨乃嬢をホテルまで送り届けますんで」

鳴海は執事のように右手を前に折って礼をする。

結局、鳴海に言い負かされてしまった。「酒は呑ませない」と約束させ梨乃を預けたが、信用していいものか。

川瀬にタクシーでホテルまで送ってもらった亜希子が携帯を見ると、徹からの着信が五件も入っている。

「大変！」

お礼もそこそこに亜希子は慌ててかけ直した。

3

その頃——

「キレイ……」

梨乃は大阪の夜景が一望できるホテルの部屋の窓辺にたたずんだ。

後ろからぴったりと体を密着させた鳴海の腕が抱き締めてくる。大柄な鳴海は、華奢な梨乃の体をすっぽりと覆った。

熱い吐息にワインの残り香が混じっている。煙草の匂いが鼻をかすめた。食事中は吸わなかったから、きっと遠慮して化粧室で一服してきたのかもしれない。

最初こそじっと景色を見ていた鳴海だが、やがてゆっくりと蠢く手がニットの上から乳房を包み込んだ。

「……ダメ……ゆっくり景色を見せて」

そう呟《つぶや》くも、裾から忍び込んだ手は、ブラジャーごしの乳房を揉みしだいてくる。

「あんっ……せっかちね」

「夜景よりも魅力的なものがここにあるからね」

引き上げられたブラの下からぷるんと出た膨らみを、鳴海の手が包み込んだ。

酔い覚ましに鳴海と北新地の路地を歩いていた時だった。

梨乃は華奢なヒールによろめいて、鳴海にしなだれかかった。確信犯と言われればそうなのかもしれない。心のどこかで、今夜は鳴海に抱かれる予感があったのだから。

あとはもう梨乃のペースだった。「どこかで休みたい」と言う梨乃に、鳴海はすぐさまスマートフォンを取り出し、近くの外資系ホテルに予約を入れた。さすが広告代理店、行動が速い。女の扱いも慣れている。

通された部屋は高層階だった。部屋のドアを開けた瞬間、目前に大阪の夜景が広がった。窓辺に駆け寄った梨乃の肩を、鳴海がそっと抱き寄せる。

重厚な調度で設えられた室内の中央には、クイーンサイズのベッドが置かれていた。

「んっ……鳴海さん、くすぐったい」

乳房の裾野をくすぐる指に、梨乃は笑いながら身をよじった。何度もよろめきそうになるが、今度は鳴海の腕がしっかりと支えてくれている。ニットがめくれ、丸々と盛り上がった乳房があらわになった。大きな手が揉み込むたび、ぐにゅりと指が沈み、二つの白い丘が淫らに歪んでいく。さっきまで饒舌だったのに、いざ二人きりになると、鳴海は寡黙だった。

「ダメだったら……」

梨乃はくるりと振り向き、自分から唇を重ねた。押しつけた隙間から湿った吐息とともに芳醇なワインとニンニクの香りが鼻孔に忍び込んでくる。ニンニクロースの名残だが気にならなかった。それどころか、ニンニクのせいで互いの精力がみなぎったのかとさえ思った。

「んん……」

軽く舌を挿し込むと、待ちかねたように鳴海も舌を絡ませる。初めての男とのキスは、いつも苦しいほどのときめきと期待で胸がつまりそうになる。梨乃はこの瞬間がたまらなく好きだった。新鮮な味と感触。匂い。乳房を捏《こ》ねる手の厚み。先端を摘まむ力の入れ具合——これから始まるめくるめく時間に体が甘く疼いていく。

鳴海の首に手を回しながらくすりと笑った。

「……鳴海さん、さっきと違って静かね。別人みたい」

「君こそ別人だね。いつもこんなふうに男を誘ってるのか？」

「ンッ……ううん、気に入った人だけよ……」

「俺はお眼鏡にかなったってことか」

鳴海の唇が首筋に押し当てられた。ゆっくりと首筋を伝う顔を、梨乃の手が掻き抱いた。背筋から這いあがる恍惚感が梨乃の体をさらに熱く焦がしていく。

「ンッ……たぶん……ね」

梨乃は目をつぶった。

「川瀬に悪いことしちゃったかな」

「もう、ごまかさなくていいわよ。川瀬さん、どう見ても指輪の跡が残っていたもの」

「なんだ、お見通しだったのか」

「堂々と結婚してるって言ってくれたらよかったのに、がっかりしたわ」

「貴重な獲物を逃したってわけか。そのおかげで俺にチャンスが回ってきた」

舌はゆっくりと鎖骨を舐め上げた。

前の彼と別れて二カ月が過ぎた。今回は半年もったからマシかもしれない。

別れる原因はいつも梨乃の奔放さだった。男グセが悪いと捨て台詞《ぜりふ》を吐かれたこともある。でも、梨乃にも立派な言い分はある。なぜ、結婚もしていないのに一人の男に操を立てなくてはならないのか。食事をしたり映画を見るだけでもルール違反なのか。動物だって恋の季節になれば、毎年別なオスと巡り合い、交尾をするのに、なぜ人間だけが一人の男との愛を貫かねばならないの——？

そんな別れをもう何度繰り返してきただろう。

「ははっ、何はともあれお気に召されてなによりだ」

ニットから忍び込んだ手は乳房の裾野をくすぐってきた。鳴海が鼻息を荒らげる。

そう、あとくされのない軽い恋をする方が自分には合っている。そして誰も傷つけない。

「光栄だよ。バンザイして」

言われたとおり両手をあげると、サマーニットがブラジャーごと取り去られた。汗を滲《にじ》ませた肌が、窓から差すネオンに艶めいている。梨乃の体はいっそう熱く火照り、乳頭は痛いほどしこった。

「梨乃ちゃん、グラマーすぎるよ」

「……嬉しい」

抱きすくめられたまま、ベッドに押し倒された。しっかりと梨乃の背中を支えてくれる気遣いが、セックスに慣れた印象をより強く感じさせる。

「シャワー、浴びるかい？」

服を脱ぎながら鳴海が訊いてくる。

「ホテルで浴びてきたから、このままでいいわ……」

上半身裸で横たわったままパンプスを脱いだ。

糊の効いたベッドカバーをさすっている間に、鳴海はスーツやシャツを手早く脱ぎ、ボクサーパンツ一枚になった。

「いいカラダね。何かスポーツしてた？」

引き締まった腹筋が嫌でも目を引き付ける。浅黒い肌もなめし皮のように艶やかだ。

「中高時代、バスケを少々」

「成長期にバスケをすると短足になるって聞いたけど、そうでもないみたいね」

ピンクのペディキュアを塗った梨乃の爪先が、鳴海の股間を玩ぶようにつつく。

「うっ」

「ふふっ……」

弾力に満ちた男根が爪先を押し返してくる。わずかに変色した中央部が、滲み出るカウパー液を想像させた。力を込めれば込めるほど、鋭さは増し、シミも広がっていく。

　完全に勃起させると、鳴海はお返しと言わんばかりに覆いかぶさり、分厚い手をミニスカートに忍び込ませてきた。

「ん？」

　太腿のあわいに触れた指がビクンと跳ね、たじたじと退散していく。

「ふふ」

「驚いたなあ、いつもこうなのかい？」

　再び忍び込んだ指がノーパンの秘部をさすってくる。

「フライト中は穿いてたわ」

「食事中はずっとノーパンだったのか。信じられないよ」

「早く……脱がせて」

「まさにハンターだな」

　梨乃が軽く腰を浮かせると、鳴海はウエスト脇のホックに手をかけ、足元からスカートを抜き取った。白いガーターベルトで吊った太腿までのセパレートのストッキングに包まれた脚が伸びやかに現れた。

「セクシーすぎるよ。いつもこんな格好しているの？」

鳴海は真っ白な太腿と陰毛を横目に訊いてくる。

「ええ、下着にはお金を使う方かしら」

梨乃は伸ばした脚を鳴海の腰に絡ませた。

「鳴海さんも裸になって」

「まったく……梨乃ちゃんにはかなわないな。志摩さんの気持ちがわかるよ」

「こういうとき、他の女の人の名前は言いっこなし」

「はいはい」

下着を脱ぐと、鋭角に反り返るペニスのシルエットが黒い影を落としている。

横たわる梨乃を組み伏せるように、鳴海は乳房にむしゃぶりついてきた。

「ン……ンッ」

絞り上げられた桜色の乳頭が唾液にまみれていく。ネオンを反射する濡れた乳首はひどく卑猥に見えた。乳輪ごと吸われる乳首は硬くしこり、長い舌先でチロチロとはじかれるたびに、甘い痺れが背筋から子宮へと流れていく。

「あっ……ああっ」

もたらされる快楽に身を委ねながら、梨乃は身をよじった。よじりながら太腿に当たる勃起に手を伸ばした。熱い——濃い陰毛の森から伸びる野太いペニスが、手の中でビクビクと躍っている。ペニスの輪郭を探るように、梨乃の手はゆっくりと肉塊を撫で回す。幹は太かった。血管と筋の隆起が激しく、長さは平均サイズだが肉厚のカリ部分が膣ヒダによく引っかかってくれそうだ。

皺袋を握ると、

「おお……」

鳴海は乳房をしゃぶりながら、低い声で呻いた。

「……ここ、舐めてほしい？」

お手玉のように陰嚢《いんのう》を転がしつつ、ペニスをグッと握り締めた。無言だが乳首を吸う唇の動きが停まっている。手首まで濡らしてもなお吹きこぼれるカウパー液が答えを告げていた。

反り返った男根は熱い脈動を刻んでいる。身を立てた梨乃は鳴海の顔をそっとどかせ、仰向けに促した。そのまま鳴海に尻を向けた姿勢で股ぐらに顔をつっこんだ。

手中にある勃起に頬を寄せると、汗と皮脂の匂いが鼻をつく。唾液をたっぷりとため、ひとおもいに根元まで咥え込んだ。

「おおう……うぅ」

背後から感嘆の声が響いた。思ったとおり、長さは普通だがめいっぱい口を開けなくてはならない太さがあった。

「ん……鳴海さんの味がする」

男によって味も感触も異なる。鳴海は塩味が濃く、わずかに恥垢のえぐみがあり、亀頭はつるりとなめらかだった。尿道をチロチロなぞると、湧きだす塩味がいっそう濃厚さを増していく。長く伸ばした舌先を鈴口に挿し入れ、左右に揺すると、ため息のような唸りが鼓膜を震わせる。噴き出す先汁の量は多く粘っこく、溢れるたびすぼめた唇でチュッと吸い上げた。

亀頭を這いおり、カリのくびれをぐるりとなぞる。舌先と舌腹でたっぷり裏スジも刺激した。吐息をつけば、唾液と体液の匂いを孕ませた熱い風が跳ねかえってくる。その間も決して陰嚢を揉みしだく手は休めなかった。キュッと引き締まった睾丸が快感の深さを伝えてきた。

「くう……梨乃ちゃん、フェラうまいね」

鳴海の汗ばむ手が尻を撫で回す。

「ンッ……んんんっ」

思いのほか繊細なタッチだった。触れるか触れないかのソフトさかと思えば、みっちりと詰まった尻肉の脂肪を愉しむように指を食い込ませてくる。肌とストッキングの境目の質感も堪能するように、すりすりとさすってくる。

咥えながら梨乃は喘いだ。翻弄するつもりが、あやうくリーダーシップを取られそうになる。だめ……あくまでも男を惑わす側でいたい。そんな思いがつい、強引で奔放な女の顔を覗かせてしまう。

「鳴海さんも……舐めて」

答えを待たず、梨乃は鳴海の顔をまたいだ。

窓から差す光だけとはいえ、艶やかな桃尻の間には淫靡にヌメ光る女の花が、雌の匂いを放ちながら咲いているはずだった。

熱い吐息がワレメを嬲った。

次の瞬間、熱い舌先が縦に走った亀裂をツツーと舐め上げた。

「……ああッ」

ペニスを呑み込みながら、梨乃は震える喘ぎを漏らした。

ああ、この感触――。男の舌で秘園を舐められる甘美な瞬間、梨乃はいつも女でよかったと恍惚に浸る。舌が躍るたび、快楽の痺れが背筋を這い上がってくる。

ときおり当たる髭の剃り跡がチクチクして心地いい。

「ンンッ……気持ちいい」

鳴海の舌技は巧みだった。両の親指で裂け目を開かれ、舌先で花びらをめくりあげては、じっとりと粘膜をなぞってくる。とろける果汁を啜るように、ぴたりと密着させた唇で膨らんだ肉ビラを吸い上げてくる。

「ああ……」

思わず尻を揺すっていた。梨乃も負けてはいられない。双頬を凹ませながら、根元まで呑み込んだ肉棒をしゃぶり上げる。包皮を剝いては舐め上げ、咥え込んでは被せるストロークを続けていると、鳴海の舌の動きも一段と激しくなった。

「アアッ……そこは――」

と、舌先が梨乃のアナルの窄まりを舐め始めた。

思わず尻を引くと、それを許さないと言いたげな手ががっちりと引き寄せてくる。アナルにあてがわれた舌先が、肛門の皺を舐め伸ばすように蠢いた。

グチュッ、チュチュッ……

「ああんッ……お尻は苦手なの――」

「クッ、クッ……生意気な梨乃ちゃんにも苦手なものがあったんだ」

「ん、もう……」

笑いながら鳴海の舌は会陰を伝い、再び秘園へとおりてきた。シャワーを浴びてもそこだけは触れられたくない。以前付き合った男に拝み倒されて、一度だけアナルセックスに応じたことがある。「絶対ヤミつきになるから」という彼の言葉を信じて許したのだが、浴びせられたのは、凄まじい痛みと激しい羞恥だった。壁が傷ついたばかりではなく、排泄すべき場所に挿入された行為は、恥ずかしさを通りこし、嫌悪すら感じた。もう二度とごめんだ。梨乃の拒絶に、鳴海は排泄の孔は諦めたようだ。

ホッとしながらペニスを咥え込む。あたふたしてしまったことがみっともない。アナルは諦めたようだが、鳴海は以前にも増して情熱的に泥濘を責め始めた。硬く伸ばした舌先でヌプヌプと粘膜を穿っては、丹念になぞられ、甘噛みされる。

「ハアッ……」

耐え切れず、咥えたまま喘いだ。噎せた拍子に気道を塞がれ、げほげほと咳き込んだ。苦しい。鼻息が熱い。背中にビリッと電流が突き抜けた。充血したクリトリスを指でひねり潰されると、

「あぁぁっ……」

梨乃はペニスを吐き出し、ガクガクと身を痙攣させた。湧きだした蜜が内腿を伝い、鳴海の唇がそれを啜りあげる。

下腹が甘く痙攣した。早く挿入されたいと膣ヒダと子宮が啼いている。

「アアンッ……もうダメ……」

弾みをつけて梨乃は鳴海の下半身に移動した。膝立ちになり、後ろ向きのまま、唾液と体液にまみれた肉棒を握り締めた。

いちだんと硬さを増した肉棒が手のひらを押し返してくる。

「おい、この体勢で挿れるのか？」

欲情剝きだしの梨乃に、鳴海は心底驚いたようだ。

初めての情交が背面騎乗位とは——。

獣欲に支配されたメスそのものだ。

でもかまわない。梨乃は鳴海を制し、無言のまま張りつめた亀頭を秘唇に擦りつけた。ネチョネチョと響く淫靡な音に押し流されるように、狙いを定めて腰を沈めた。

「あぁあああっ……あああああっ！」

「おうううぅうっ……！」

ふやけた膣ヒダをこじ開けながら、鳴海のものが真っ直ぐに膣路を貫いた。

野太い分だけ、肉の輪が広げられている。めり込んだ雄肉に、わななく膣壁がギュッと吸着した。背面騎乗位だから顔は見えないが、背後で歯を食い縛っている鳴海の顔が、後ろを振り向かなくとも見えた気がした。

「おお、奥まで挿入った……」

梨乃は鳴海の太腿に手をつき、ゆっくりと前後に腰を揺する。

「ううっ……すごい締まってくる」

「私の中も……鳴海さんでいっぱい……」

呼応するように、鳴海の手が双臀を捉えたまま、ずぶり、ずぶりと深度を高め、肉を馴染ませてきた。梨乃は結合部を見せつけようと、前のめりになった。

腰を揺すりながら、鳴海の足首を摑んだ。

クチュッ、クチュチュッ——

「ねえ……見える？　つながってるとこ……」

膣奥まで呑み込みながら、腰をグラインドさせる。

「ああ……よく見えるよ」

「どんなふうに見えるの……？」

「ビラビラがめくれていやらしい。食虫植物みたいにおれのをずっぽり咥えてるよ」

突き刺さる視線に、梨乃の体がさらに焼き焦がされていく。「たいした女だなあ」と心の声が聞こえてくるようだった。それが、さらに梨乃の興奮を呼んだ。

梨乃は持ち上げた尻をズンと落とし込んでは、左右に振って肉を馴染ませた。再び持ち上げズブリと落とし、大きく腰をグラインドさせる。

「ンンッ……気持ちいい」

梨乃のタイミングに合わせて、鳴海も下から突き上げる。肉路がジュポジュポと掻き混ぜられ、膣奥が激しく押し上げられた。

「ハァン……アアアンッ」

身を反らせたままいくども腰を振り立てた。

あとくされの無い男だからこそ、大胆になれるのも女の性だ。

梨乃は膝を曲げ、徐々に体を右に回転した。支点になったペニスがぐぐっと数センチめり込んだ。肉壁がきゅんと収縮する。

「お、おいおい、このままこっちを向くのか？」

「なにかご不満？」

じっと鳴海を見据えたまま、結合部をぐにゅりとねじった。

ジュクッ、ニチャッ——

「アアンッ」

動くたびに当たる角度が変わり、得も言われぬ快感が子宮に浴びせられる。酸味の効いた匂いが鼻孔に触れ、肉ずれの音が鼓膜を満たした。

粘膜が引き攣れ、互いの性毛が絡み合う。

「うう、梨乃ちゃん……」

向き合うと、鳴海の手が乳房をわし摑んできた。

押し上げるペニスはまた違う角度でえぐってくる。

「ああっ、ああっ」

梨乃は膝立ちの姿勢で再び腰を揺すった。いっそう膨らんだ勃起が柔肌をしゃくりあげながら縦横無尽に穿ってくる。苦しげに眉根を寄せ、鳴海を見おろした。ハアハアと呼吸を荒らげながら、眉間に皺を刻む鳴海の表情を存分に焼き付けた。

ズチュッ……ズチュッ——

野性味を含んだいかつい顔が快感に歪む。梨乃は男のこんな顔を見るのがたまらなく好きだった。親にも友人にも一生見せないであろう、必死で無防備な表情を堪能できることこそ、セックスの醍醐味と思っていた。

鳴海とは対面騎乗位の方が合っているのか、結合感が増した気がした。子宮を押し上げられる愉悦に、ますます体の芯が疼いてしまう。

同時に、上下させる鳴海の腰のキレが抜群にあがった。

「ンンッ……子宮にズンズン来ちゃう……」

こちらが気持ちいいと思うことは相手も同じなのか、リズミカルに突き上げる肉棹が、ひときわ力強く蜜壺《みつつぼ》を攪拌してくる。

根元までみっちりうずめた剛棒で粘膜を捏ね回す。

「うっ、むむっ」

ぐちゅっ、ぐちゅっと抜き差ししながら、鳴海の指がキュッと乳首をひねってきた。

「アアアッ……」

痛みと背中合わせの快楽が脊椎を走り抜ける。迫りくる絶頂の予感に駆られながら、梨乃の体は到達寸前の恍惚に包まれつつあった。

鳴海は腰のバネを使い、一心不乱に穿ってくる。一突きごとに奥の奥まで侵入するペニスが梨乃を淫乱に仕立て上げ、梨乃自身もその虜となっていく。

「ああ、私……そろそろ……」

全身が汗みずくだった。あとくされの無い情交とはいえ、ここまで没頭できるのは久しぶりだ。きっと体の相性がいいのだろう。

「アァッ……鳴海さん、イキそう……もうダメ……」

乳首を摘まれたまま、梨乃が嬌声を放った。

「イケよ。ほら」

ズンズンと突き上げる速度はいっそう鋭く、体毛も髪の毛も驚くほど逆立っている。

体内のいたるところで小さな爆発が起こり、それが巨大な火の玉となって、全身を駆け巡っていく。

「ああ……ダメッ……もう……ァウッ、アアァアアアッツ！」

「おれもだ、オ……オオッ……オオゥッ」

ひときわ鋭い突き上げの直後、煮えたぎる鳴海の精が勢いよく迸《ほとばし》った。

ドクン、ドクン――！

子宮口にしぶいたザーメンを一滴も逃すまいと、梨乃の膣壁が執念の収縮で男根を締め上げた。

第三章　倒錯の暴漢

1

「おはようございます」

午前七時。亜希子がホテルのロビーに降りると、フロントにはＣＡ六名が整列していた。制服に身を包み、皆、準備万端だ。亜希子も急いでチェックアウトを済ませた。

「みなさん、今日もよろしくね」

「はい、よろしくおねがいいたします」

全員が姿勢を正す中、梨乃だけがあくびを嚙み殺している。どうやら、あまり寝ていないようだ。

一行はホテル前に横付けされたタクシーへと向かった。二台に分乗して空港に向かうのだ。ロビーを歩きながら、さり気なく梨乃に近づいた。

「……昨日、大丈夫だった？」

コツコツとヒールを響かせながら、そっと耳打ちをする。

「はい、大丈夫でしたよ。楽しい夜でした」

そう笑みを返されたが、充血した目が昨晩の出来事を物語っている。

「朝帰りだったんでしょう？」

「……ナイショです」

梨乃はウインクでうまくごまかしてくる。

「先輩は徹さんとラブコールですか？」

「え？　ええ……」

「いいなあ。ラブラブで」

ニッコリと笑う梨乃の笑みには、同情めいたものが含まれていた。哀切さ——とでも言おうか、冒険したくともできない亜希子を哀れんでいるようにも思える。

しかし、他の後輩ではカチンとくる振る舞いも、不思議と梨乃には抱くことはない。

自分でも気づいている。梨乃の奔放さを羨んでいることを。あんなふうに振る舞えたら、思う存分女であることを謳歌できたらと。

「一人の男に縛られるなんて人生損ですよ」という梨乃の言葉が胸の奥にずっと引っかかっている。そして、鳴海に抱かれたであろう梨乃のあの時の姿を想像すると、言い知れない焦燥感や羨望が腹の底から湧いてくる。

――昨晩、あれから徹に電話したものの、案の定、たっぷり嫌味を言われてしまった。みんなと食事だと言ってても「トイレに行くふりして返信するヒマくらいあるだろう」と逆に怒りを膨れさせてしまった。よほど虫の居所が悪かったのか。仕事で嫌なことでもあったのか。それともいつもの嫉妬だろうか。

清々しい朝の風景が車窓に流れていった。

今日のフライトは、大阪―羽田―鹿児島―羽田の三便だった。気流も安定し、これといったトラブルもなく、業務を終えたのが午後三時。

「ただいま戻りました」

梨乃と一緒に寮に帰り、管理室に一声かけると、野島が慌てて飛び出してきた。

「あっ、志摩さん、松本さん、ちょっと来てください！」

何事かと亜希子と梨乃が顔を見合わせたそのとき、

「ないわ、ないのよッ……あ、帰ってきた！」

鬼の形相でバタバタと駆け寄ってきたのは、白ユリ寮長にして最年長のお局CA里中邦子《さとなかくにこ》、通称「サトクニ」だ。三十三歳のベテランCAが、ハワイアン柄のミニワンピースを着て、自慢のリゾート焼けの肌を晒すように立ちはだかった。

「ちょっと、あんたたち！」

亜希子と梨乃は、ギロリと睨む大きな目に固まった。

「はい……何でしょう」

「留守中、私の部屋に入らなかった？」

彫りの深い美人顔だけに、怒った表情はまるで般若だ。神経質で気性の荒い邦子には、普段から逆らわないようにしている。

「いいえ、入ってませんが……何かあったんですか？」

亜希子が言うなり、邦子は二重の目をさらに吊り上げた。

「私の指輪やネックレスが盗まれたみたいなのよ。それにバッグも！」

「ええっ!?」

「いま寮にいる子たちの部屋は全部探したけど、何も出なかったの。悪いけど、あんたたちの部屋を調べさせてもらうわね」

後ろでは、お局様には逆らえないとばかりに、小太りな野島が丸い背中をさらに縮めている。

「待ってください。いくらなんでもいきなり部屋を調べるのってプライバシーの侵害じゃありません？　ねえ、野島さん？」

「いや……僕はその……あの」

野島は言葉を濁しながら、申し訳なさそうに目をそむけた。その様子を見て、邦子は「どうだ」と言わんばかりに、反論する梨乃に尖った目を向ける。

腕組みしたまま、ツカツカと梨乃の前に歩み寄った。

「松本さん、あなた以前、私がつけてたショパールのダイヤのピアスを素敵だと言ってたわよね」

「は、はい……」

「『こんなの私も買えたらなあ』って言ったの覚えてる？」

「……はい」

「それが盗られてるの。アクセサリーケースの一番奥にあった隠し引きだし。普通なら見つけられない場所よ。あれ目的としか思えないの」

「だ、だからって……私は先輩の部屋のことも何も知りませんし……」

「それだけじゃないわ、他にエルメスのバーキンもヴァンクリのネックレスもないの！　あなたが『ステキ～！』って褒めてくれたものが軒並み盗まれてるのよ！　さあ、白状しなさいよ」

まるで盗人あつかいの言い草に亜希子は唖然とする。

ブランド品に目がないサトクニが「また新作買ったのよ」と自慢げに披露するので、後輩としては褒めるしかなかったのだ。

「とにかく盗んでなんかいませんし、先輩のいらっしゃる二階にはまったく行ってません」

四階に部屋を持つ梨乃は反論した。

「そう、じゃ、部屋を調べられて困るようなことはないわよね」

鬼の首を獲ったように邦子が口角をあげる。

「も、もちろんです」

「じゃあ、話は早いわ。あなたの部屋に行きましょう」

エレベーターに乗る邦子に、亜希子も含め全員が何も言えず後を追った。野島も申し訳なさそうについてくる。

四階の部屋に着いた。急かされながら梨乃がカギを開けると、イタリア製のスリッパを脱いだ邦子が我が物顔で中に入る。亜希子も心配そうに中に入った。

普段話すときは一階の食堂が多いので、梨乃の部屋に入るのは初めてだった。

真っ先に目についたのが、ルビーレッドのベッドカバーだ。豹柄のクッションがお洒落にキマっている。亜希子と同じ、十畳の個室にシングルベッド、机とテレビ、クローゼット、簡易キッチン、小型冷蔵庫にユニットバス。窓には薄いピンクのカーテンがかかっている。机の上の写真立てでは制服や私服の梨乃が、同期や家族と見られる人物と仲睦まじげに微笑んでいる。

「さ、早いとこ見つけるわよ」

邦子は机の引きだしから開け始めた。

文具やスケジュール帳、アルバム、マニキュアや化粧小物、本やＣＤなどがどんどん床に置かれていく。家探しのごとく物色する邦子に、梨乃はギュッと唇を噛み締めている。梨乃のことだから、何を言いだすかわからない。

「ないわね……」

三つある引きだしすべてをひっくり返した邦子が、額の汗をぬぐった。

「だから、ありませんってば」

「ここはどうかしら」

聞く耳持たずで次にクローゼットの取っ手を引く。

ハンガーにかかったカラフルな洋服が洪水のように視界に入ってきた。

ブティックばりに整然と並べられた洋服は、梨乃の几帳面さを物語っていた。

クリーニング済みの制服もある。メイク用品、サプリメント、アクセサリーは小分けにされてバニティーバッグに収納されている。書籍類で一番手前にあるのは、CA用の分厚いフライトマニュアルだ。付箋がたくさん貼られたマニュアルからは、ちゃっかり者だが勉強熱心な梨乃の新たな一面が垣間見えた。もう少しだらしのない部屋と思っていただけに、この整理整頓の見事さは意外である。

邦子がざっと調べたあと、最後に目をつけたのが半透明の収納ボックスだった。

ボックスは全部で三段ある。

「あっ、そこはやめてください！　困ります」

梨乃の制止を振り切って、邦子は強引に一段目を開けた。

目に飛び込んできたのは、色とりどりのブラジャーとおそろいのパンティだ。

繊細なレースやビーズで飾られたパステルカラー、原色の派手なランジェリーが視界を奪う。邦子はそれを一枚一枚取り出して調べていく。

「さ、里中先輩……いくらなんでもやりすぎじゃありません？」

声をあげたのは亜希子だった。梨乃が涙目になっているからだけではない。次に自分も同じことをされると思うと、我慢ならなくなったのだ。

「泥棒っていうのはね、とんでもない場所にお宝を隠すのよ。それにしても松本さん、あなたの、すごい下着ね。こんなの着けてるの？」

邦子は真っ赤なTバックとガーターベルトを手に取った。

「んまっ！　これなんてアソコがぱっくり割れてるじゃない」

次に手に取ったのは、クロッチ部分が裂けた純白のレースパンティだ。透け透けの生地に、亀裂に沿って施されたフリル。不謹慎ながら、あまりのセクシーさに思わずめまいがしそうになる。

梨乃はこれを穿いて男と愉しんでいるのだろうか。横目で梨乃を見れば、耳まで真っ赤にさせて、必死に悔しさをこらえている。

後ろには野島もいるのだ。これ以上の屈辱があるだろうか。

「あらあ、こんなモノもあるのね」

続いて、邦子はアソコが大きく割れた網タイツを広げた。ここまでくればほとんどイジメに近い。

「ちょっと、いいかげんにして。これじゃ、オバサンが若い子のランジェリーに嫉妬してるとしか思えません」

「なんですって？　オバサン？　失礼ね、私だってこれくらい持ってるわよ」

「へえ。こないだお風呂の脱衣場で先輩を見たとき、おへそまで隠れるでっかいパンツでしたよ」

梨乃はふふんと鼻を上に向けた。

「あんた、何てこと言うのよ。そんなダサいもの着ないわよ」

「だってホントですもん。可愛い下着が似合わない歳になったからって、後輩イビリは迷惑ですっ」

「うるさいわね。私は海外もののランジェリーしか身につけないの！」

「ふーん、誰か見せる相手でもいるんですか？　丹羽《にわ》キャプテンは別のＣＡに奪われちゃいましたよね」

まずい。話が変な方向に流れてきた。

「あなた、それ、どういう意味？」

「知らないとでも思ってるんですか？　先輩が丹羽キャプテンと不倫してたの、みーんな知ってますよ」

「うっ……」

「そうそう、丹羽キャプテンの新しい恋人の瀬戸《せと》さんとフライトご一緒しましたけど、優しくていい人。キャプテンが心変わりする気持ちもわかりますね」

梨乃、それは禁句だってば！

「もういいわ！　探し物の続きをさせてもらうわね」

怒り心頭の邦子は、明らかに憤りを抑えながら、二段目の収納ケースを乱暴に開けた。

「まあ、名刺がこんなにいっぱい……」

中にはぎっしり名刺が詰まっている。おそらく機内で知り合った乗客たちの名刺だろう。邦子が名刺をチェックし始めると、

「名刺の隙間にアクセサリーなんか隠せるわけないですよ」

梨乃の抗議に邦子は皮肉げな笑みを返すと、

「じゃあ、バスルームね」

梨乃の承諾を得ることもなく、今度はバスルームに入っていった。それを膨れっ面の梨乃が追いかける。

「あら、案外、きれいにしてるわね」

「もう、いい加減にしてください」

「まあ、こんな高級化粧品使ってるのね。ナマイキ」

「関係ないじゃないですか、あっ、ちょっと触らないで」

梨乃の声がバスルームに反響する。

さすがに覗き見ることはできないが、邦子のことだ。執拗に舐めるようにしてチェックしていることだろう。

「ふう、なかったわ……。じゃ次は志摩さんの部屋ね」

邦子がバスルームから出てくるや、梨乃がケンカ腰につっかかった。

「待ってください！　泥棒呼ばわりされたうえ、これだけ引っ掻き回されて謝罪もなしですか？　ちゃんと謝ってくださいよ」

「まだ容疑は晴れたわけじゃないのよ。勘違いしないで。さ、行きましょ」

「こんなことして……会社に言いますよ」

「言いたければ言いなさい。そうしたら、私、警察に訴えるって言うわ。警察沙汰になったら、会社、困るでしょうしね」

邦子はにんまりとした。

梨乃は悔しげに顔を歪ませ横を向いた。

突然、邦子の視線が亜希子に突き刺さる。今度はあなたの部屋よ、と無言の威圧を投げかけてくる。亜希子は力なくうなずき、邦子と一緒に三階の自室へと向かった。味方のつもりか、梨乃も慌ててついてくる。無言のまま乗ったエレベーター内は重い空気が張りつめていた。

事情を知っているのだろう、たまたま居合わせたＣＡ二人は無言で目も合わさない。

（あらっ、なんで野島さんまで来るの……？　それよりも私の部屋……ちゃんと片づけてきたわよね）

亜希子は出かける前の部屋の記憶をたぐり寄せた。

ＣＡには二種類のタイプがいる。常に命の危険にさらされる仕事ゆえ、きちんと整頓してフライトに出る者、逆に「大丈夫、絶対死なないで帰ってくるから」とゲンを担いで散らかしていく者。亜希子は前者だ。

いつも、掃除はきちんとしていたはず、と頭の中で反芻しながらドアノブにキーをさす。いや、それよりもアレだ。アレが見つかったら大変なことになる。

「すみません！　一分だけ待ってください」

亜希子は勢いづいた邦子の侵入を阻止した。

「あやしいわね、どきなさい」

有無を言わせずドアが開けられた。

バタン──！

中に入るなり、邦子はクローゼットにまっしぐらだ。

（あっ）

窓辺のハンガーに下着が干しっぱなしだった。よりによって総レースの黒いハイレグパンティとブラのセット。パンティのサイドは紐で縛るタイプで、徹にプレゼントしてもらったかなりセクシーなものだ。背後に立つ野島の視線を感じ、亜希子は一目散に駆けより、むしり取った。

横では邦子が収納ケースをひっくり返す。机の引きだしよりも、クローゼットがあやしいと踏んだのだろう。

「里中先輩、自分で出しますから、触らないでください……お願いします」

しかし、邦子の耳には届かない。

いや、聞こえてはいるがわざと無視し、作業を止めない。

「先輩！」

叫ぶと同時に邦子の背後から抱きついた。さすがに邦子の手が止まり、やおら亜希子を振り返る。

「どいてなさい」

憤怒の形相ながら声は平静を保っている。不安に背中がぞわりとした。それでも、見られたくはない。

「すぐにすむわ。そこで待ってなさい」

邦子は冷然と告げると黙々と作業を再開した。

彼女を止めることはできない。一秒でも早く、邦子が捜索を終えることを願うしかない。そして、アレを見つけないことも……。

梨乃と似たような半透明のケースが無残に開けられていく。ルームウエア、メイク用品、アクセサリケースまでくまなく開けられている。

「やっぱりやめて！　どう考えてもこんなの変です！」

堪らず絶叫するとさすがに邦子も手を休めこちらを見た。だが、それは作業の中止を意味するものではなかった。それどころか、

「うるっさいわねえ。松本さんも従ったんだから、志摩さんも我慢なさい。あら、あなたって意外と下着の趣味が地味ねえ」

と、引きだしの中をしげしげと覗き込む。

「……」

今にも飛びかかりそうになる亜希子の腕を梨乃が引っ張る。「何を言っても無駄ですよ」梨乃の表情にはそう書いてあった。空き巣事件の記憶からどうにか立ち直ることができたが、代わって現実の恐怖は押し寄せてくる。

(——アレが見つかったら、わたし——)

悲鳴を上げそうになった時だった。

「あら？　これは何かしら」

ついに恐れていたことが起こった。邦子が青いポーチを手に取ったのだ。

「あっ、それはやめて下さい！」

亜希子は慌てて奪い取る。これだけは見られるわけにはいかない。

「見せなさい」

邦子が詰め寄った。

「これだけは……許してください」

「何よっ……さては、ここにあるんでしょう。観念なさい！」

邦子はここにアクサリーがあると確信したようだ。その確信が凄まじい力となり、亜希子の手からポーチを奪い返してしまった。が、よほど力を込めたのだろう。勢い余って、中身が飛び出てしまった。

「アアッ!」

大きく弧を描いた玩具が乾いた音を立てて入り口に立っていた野島の足もとに落ちる。その時、スイッチが入ったのか落ちたモノは激しく振動した。四人は凍りついた。

ヴィーン、ヴィーン……

沈黙の中、ローターの機械音だけが虚しく響いた。邦子もばつが悪そうに無言になった。

「ひ、ひどいわ……」

亜希子は溢れる涙を抑えることはできなかった。

最も知られたくない秘密を、よりによって邦子に知られてしまった。

大嫌いな先輩だが邦子は女だ。しかし、男である野島にまで見られたとは。これから、どんな顔をして挨拶すればいいの。

唸っているローターが涙目に恨めしくかすんでいる。

力を振り絞って、それをを拾おうと野島の方に向いた。野島はあの細い目でローターを見つめていた。全身が粟立った。野島が屈んだ。自分が拾わなければと思ったのだろうか。が、野島が手を伸ばす前に梨乃がさっと拾いスイッチを切ってくれた。

「……ごめんなさい。このお詫びは改めてするわね」

邦子はさすがに居辛くなったようでそそくさと出ていった。

（なんて最悪な日なの……）

その夜、亜希子は泣きながら眠りに就いたが、眠れるわけはなかった。

何度も何度も寝返りを打つ。こんなときこそ徹の声が聞きたかった。

だが、いくら電話をかけても繋がらない。

ようやく返信が来たのは二時間後、電話ではなくメールで「仕事で遅くなった。悪い、もう寝るね」という素っ気ない文面である。

「なによ、もう……私にばっかり怒って」

亜希子は羞恥心と孤独にさいなまれながら眠れぬ夜を過ごした。

3

（ハァ……）

真夜中、誰もが寝静まった寮内の廊下を、スニーカーが踏みしめていく。

ゆっくり、ゆっくりと歩を進める足は、わずかの音も立てることなく獲物へと近づいていく。

窓からさす光が薄汚れた靴先を淡く照らした。

エレベーターには乗らなかった。深閑とした寮内でエレベーターの音は意外と響く。防火扉を開け、非常階段を二階まで昇って、リノリウムの床を進んでいく。

立ち止まったのは一番奥の角部屋。パーカーのポケットから合鍵を出す。

カチャ——

施錠が外された。

息を殺して扉を開ける。十畳の室内はカーテンごしの光で隅々まで見ることができた。窓側に頭、こちらに足を向けた状態のヒト型に盛り上がったふとんが呼吸のたびに上下している。すうすう、すうすうと、規則正しい寝息が聞こえてくる。

ここからは見えないが、高い鼻や形のいい唇から洩れているはずの吐息だった。部屋には甘い匂いが漂っている。壁にかかった南国の花のレイが、自分を歓迎しているように思えた。

(フウ……)

大きく息を吐いた。そっとドアを閉じ鍵を閉める。

靴を脱いで、絨毯の上を数歩進む。息をひそめて慎重に近づいた。

相手はこちらに背を向けている。枕に散った長い髪が、カーテンから漏れる光に艶めいている。

持っていたガムテープをゆっくりと真横に伸ばした。紙製のテープだから布製よりは音が小さい。手を回し寝息を立てている彼女の唇ギリギリまで近づけた。吐息が手にかかった。あとは頭の中で何度もシミュレーションしたことを実行するだけだ。

「ウッ」

一気に口許に巻きつけた。そのままグルリと後頭部にも回す。髪が邪魔しててこずったが、なんとか三周できた。続いて目にも巻きつける。アイマスク代わりだ。

これで視界も遮断された。呼吸は鼻からできるため死ぬことはない。

「クウッ！」

声を出されたので背中を思い切り蹴った。それでも叫ぶので、体を回転させ、みぞおちに二、三発こぶしを見舞ってやった。ゴフッと嘔吐するような声が響くが、隣の住人が不在なのはすでに調査済みだ。

「コエヲ出スト殺スヨ……」

耳元でそう囁くと相手も理解したのだろう、大人しくなった。鼻を鳴らし、震える呼吸を繰り返す。

布団を剝ぐと、白地に大きな花柄プリントのノースリーブドレスを着ていた。ネグリジェか――細い肩ひものドレスは、胸元が大きく開き、なめらかな肩の線と鎖骨をより魅惑的に強調していた。小麦色の肌になかなかお似合いだ――心の中でそう呟きながら、彼女の体をまたぎ、両腕を取って、後ろ手にガムテープで拘束した。

「ンッ……ンンンッ」

パチッ――。

部屋の照明をつけると、白だと思っていたネグリジェは淡いグリーンだった。

薄い生地は細いくびれと豊満なヒップにぴったりとまとわりつき、怯える彼女をいっそう美しく飾っていた。

ガムテープごしに光を感じたのだろう、呻き声は一オクターブ高くなった。しかし、その声は先ほどよりも弱い。蹴りとパンチがよほど効いたらしい。恐怖に引き攣るというよりも、許しを請うようなはかなさだ。

カメラの位置は確認していた。テレビの枠と天井につけた火災報知器。これなら真横と斜め上からの画像が撮れる。音声はコンセントの裏に埋め込んだタップ型の盗聴器で拾える。直接電源を供給する、半永久的に使用できるものだ。

「アンッ……」

肌触りのいいネグリジェをまくると、ブロンズ色に焼けた脚が悩ましげによじれた。そのままめくれば、おそろいの淡いグリーンのパンティが顔を出す。繊細なシルク素材は下着の意味をなさないほど極薄の生地で、性毛が透け見えている。熟れた女の匂いが今にもツンと漂ってきそうだ。

鼠蹊部に香水をすりこんでいるのか、甘い香りはここからも漂ってきた。

カメラごしに彼女の裸を見てはいたが、尻と太腿にほどよく脂肪のついたグラマラスな肢体を実際目にすると、数段魅力的だった。張り出した腰から急激に細くなるくびれ。女の曲線を見事に描いた体の中心にはヘソの窪みがあり、ＣＡらしからぬ小粒のピアスが光っている。

それをキュッと引っ張ってやった。

「……ンンッ」

痛みが走るのか、敏感な箇所なのか、彼女は必死に身をくねらせている。ボディピアスというのは意外ないやらしさがある。ダイヤを引かれ、はじかれるごとに苦しげに喘ぐ様もなかなか絵になる。

昼間の剣幕とはえらい違いだ。いまのように哀れで……従順な姿を日頃から後輩に見せてやっていれば、こんな罰が下らなかったかもしれないのに。

ネグリジェの裾を握った手がぺろりと乳房まで剝いた。

「クッ……」

水着の跡がくっきりと残る白い乳房がこぼれ出た。カメラで見るよりも濃淡は明瞭で、卑猥なことときわまりない。パパイヤのようにせり出した乳肉――小麦色から白く浮き出た二つの膨らみ――恐怖に逆立つ金色の産毛さえもひどくなまめかしい。吐息がかかるほど近くからじっくりと観察した。次第に滲んでいく汗が彼女の匂いをより濃厚なものに変えていた。

乳輪は大きめだが色素は薄い。もともと色白なのだろう。粒だった乳暈は品よくくすんだ桜色をしている。小ぶりな乳首は、吸い上げるとたちまち硬くなりそうだ。

足元に視線を落とした。両脚を固く閉じ、足の甲をすり寄せながら震える仕草と、大胆に塗られた真っ赤なペディキュアが生々しい。

そのアンバランスさが欲情をよりいっそう高める。

キュッと締まった足首から続く脹脛も見事な脚線を描いている。ほどよく脂の乗った太腿は一本の産毛もなくなめらかに輝いている。

すぐにでもむしゃぶりつきたいが、まずはこの裸身をカメラに収めた方がいいだろう。しばらくベッドに放って黙っていた。

彼女は小刻みに震えながら、この時間を耐え抜いている。呼吸を乱しながらも、先ほどよりは安定した様子で鼻を鳴らし始めた。

だが、彼女にはわかっているはずだ。

このあと訪れるおぞましい瞬間を――。

ミミズ腫れの傷を負った手が、膝裏から太腿を撫で上げた。

「ヒィ……」

数回撫でまわしていると、じんわりと肌が湿り気を孕んでくる。鳥肌が立っているが、手入れの行き届いた肌は充分なほどに美容液が浸透しているのか、陶器のようなすべらかさに満ちていた。

「ンッ……ンンッ……」

塞がれた口からは、観念したような嗚咽が漏れてくる。

チュッ、チュパッ――。

意を決して乳首を口に含むと、予想どおり、むくむくと硬さを増してきた。

「ハンッ……ンンンッ……」

舌の動きにまかせ、彼女は必死に身を揺さぶる。が、その動きには唇を求めるある種の媚態が含まれていた。先ほどのパンチが効いたのだろうか。ガムテープの下から吐き出される声は悲鳴から徐々に喘ぎへと変わっていく。

抗うことをあきらめた肉体には、むしろ快楽を貪ろうとする感情が芽生えたかに思えた。

量感ある尻たぶに指を食い込ませながら、上下の唇で乳首をはさみ、下の歯でこそげるように吸い立てた。

セックスはすべて風俗嬢に教わった。二十歳で童貞を捨てて以来、性処理は吉原の高級ソープと決めている。

もう何百人抱いただろうか。商売とわかっていても、ヨガり啼き、テクニックをほめ、また会いたいと抱きつく女たちに、さほど悪い気はしなかった——こんな日が来るまでは。

「ン、ンン……ッ」

粒立った乳輪は幅を狭め、ますます先端が硬い尖りを見せてきた。口内で存在をあらわにする乳頭が、転がす舌先を強靭に押し退けてくる。体温を高めた肉が、汗腺を広げた皮膚が、底なしの欲望を一足飛びに伝えてくる。

手は揺れる豊乳へと矛先を変えた。

肉感的な乳肌をわし摑み、強く揉みしだいた。熟した果実のごとく極上の柔らかさに満ちているが、手指を押し返す確かな弾力があった。捏ねられるごとに、二色に染まる肉は赤みを帯び、思うままに形を変え、ひしゃげては指を沈み込ませた。

膨らみの裾野から両手で寄せ上げると、かなりのボリュームがある。丸い乳丘の真ん中にある円柱の側面をクリクリとひねれば、抑えきれない息が、唯一許された器官から鼻水と一緒に吐き出された。

舌を伸ばした。円柱の根元からネロリと舐め上げれば、耐え切れないとばかりに彼女は熱い息を漏らした。

なおも執拗にすくい舐めては、上下左右にはじき、ねじ伏せた。

「ウッ……ウウッ」

そのたびに彼女はスジを浮かべた首をいやいやと振ったが、甘く鳴らした鼻が何を言っているかは十分すぎるほど伝わってきた。彼女の声が好奇と期待の入り混じったものに変貌したのは明白だった。風俗嬢とは違う素人の生々しさが、より興奮を高めてくる。

片手を股間へとおろしていく。脇腹を撫でヘソピアスをはじいて、ふっくらとした下腹に尺取虫のように蠢く指を這わせていく。

ワレメをなぞった。

「クッ……」

極薄のパンティは呆れるほど発情のエキスに濡れていた。甘酸っぱい匂いを漂わせたそこは、まるで女の欲望を溜めて沸騰させた泥濘だった。蠢くたびに指がどこまでも深く沈んでいく。肉ヒダを圧迫するたびに「アッ、アッ……」と喉奥から悩ましい声をあげていた。もはやその色には怯えなど含まれてはいない。もどかしげに揺れる指を咎《とが》める声色さえ滲ませている。

手はパンティ脇にかかった。ゆっくりと引き下ろす手に、故意か偶然か、彼女は尻を浮かせてきた。興奮に逆立つ黒く濃い茂みが顔を出した。一本一本燃え立つように震え、淫靡な艶を放っている。むっと籠った女の匂いが人工的な甘さと混じり合い、鼻孔に忍び込んできた。

剝かれた下半身もうっすらと水着の跡が残っていた。太腿を震わせながら懸命に身をくねらせるが、抵抗は哀れなくらい弱々しい。暴力のすりこみなど不必要なほど、皮膚の奥では官能の炎がたぎってるらしい。

パンティを足首から抜き取った。裏返すと、淡いグリーンのクロッチ部分にべっとりとシミがついている。カメラに向け、しっかりと収めさせたのち、太腿を広げにかかった。

「クウウッ……クウ！」

鼠蹊部に美しいスジが走った。震えるごとに浮き立つ淫靡な隆起。小麦色のなめらかな太腿の裏を晒しながら、濡れた恥毛に縁どられた女の園が惜しげもなく晒された。

濃い茂みとは違い、秘唇の周囲は儚《はかな》げな性毛だった。複雑によじり合わさった肉厚の花びらは潤沢な愛蜜でヌメ光り、奥には真っ赤にただれた女の粘膜も見える。色素沈着もなく、乳首同様にくすんだ桜色の花びらがぽってりと咲いている。

この女は秘部と肛門の距離が狭い下つきだ。バックからハメてやれば、たちどころにヨガり啼くかもしれない。

女肉の色艶も噴き出す蜜液も、カメラはしっかりととらえている。新鮮な空気に嬲《なぶ》られた秘唇は、ヒクヒクと震えながらこの恥辱と快楽の狭間を行き来していた。

ワレメに顔を寄せると、淫臭と香水、そしてわずかな残尿の匂いも鼻をかすめた。

「アンッ……アアンッ」

彼女の声色にさらに甘さが加わったのは、生温かな舌先が舐めてきたからだろう。

ぴったりと閉じた肉ビラをチロチロ舐め上げると、滲みだした蜜が溢れ、たちまち柔らかく蕩けていった。濃厚なチーズにも似た芳醇な香りと磯の味が味覚を刺激した。

合わせ目を何度も舐め上げ、舐めおろした。秘部の両脇にあてがった親指を左右に広げ、赤く熟れた粘膜にズブリと舌を突き刺すと、彼女は全身をガクガクと痙攣させながら身悶えをした。そう、これには風俗嬢たちもヨガっていた。彼女らが言うには、どうやら、俺の舌は普通より長いらしいのだ。会陰から肛門まで唾液をまぶし、最後にクリトリスを吸い上げると、夥しい量の女液が噴きだしてきた。

「ウウッ……クウン」

閉じていたラビアはもはや血の色に染まり膨らみ、満開に広がりきっている。明るい照明の下、我を忘れたように悶える体は、はずみをつけてヒクつく女陰を押し上げてきた。後ろ手に拘束された不自由な手に体重をかけては、腰をせりあげてくる。彼女は敗北を認めたかのように、誰ともわからぬ男の口許に濡れた陰部を擦りつけてきたのだ。

クチュ、クチュチュ——

滴る蜜をいくども啜っては嚥下した。顔はたちまち唾液と蜜にまみれた。酸味の効いた味と匂いが内臓まで染み込んでいく。深々と挿し入れた舌で女の孔を塞ぎ、じっとりと濡れた粘膜を淫猥に掻き混ぜていく。

「クウ……ウウン」

子犬のように甘く鳴くその声は、明らかに結合をせがんでいた。秘口にはこってりと白濁の蜜が湛えられ、妖しげに蠢いている。ジャージ下の勃起は痛いほどいきりたっている。

欲しいのか——そう問いかけながら立ち上がり、ズボンをおろした。ぶるんとバネ仕掛けのように太棒がしなった。

鈴口から先汁を漏らす胴幹をしっかりと握った。

広げた太腿の間に身を割り入れ、密着させた亀頭を濡れ溝にすべらせる。湧き出す蜜はとどまることを忘れたかのようにこんこんと溢れ、会陰から肛門を濡らし、シーツに大きなシミを作った。膝裏を抱え、ワレメに亀頭を押し当てた。

ググッ——！

一気に腰を入れると、そぼ濡れた女陰は難なくペニスを膣奥まで受け入れた。

「クウウッ……アウウウッ！」

後ろ手に拘束された体が大きくのけ反った。女の業《ごう》で凝縮された熱いヒダがみっちりと肉棒を締め上げてくる。

「むむむっ！」

「ウウッ……クウウッ……」

しばらくは動かずに結合の実感を噛み締めた。肉を馴染ませる間に、膣壁が緊縮と弛緩を繰り返し、密集したヒダが男根の形に広げられていく。呼吸のたび、じわじわと雄肉に吸いついてくる。

ゆっくりと律動を始める。M字に割り裂いた下肢を引き寄せ、ずんずんと肉の穿ちを深めていく。絡みつく膣ヒダを掻き分けながら、奥の奥まで子宮をえぐるほどに肉の鉄槌を叩き込んだ。

「フウッ……ククク……」

膣壁の締め付けはなかなかのものだった。

熱く柔らかな粘膜が突けば突くほど緊縮を強め、執拗にまとわりいてくる。風俗嬢や若い女では味わえないまったりと熟れた肉が、限りある女の時間を惜しむように男の象徴を奥へ奥へと引きずり込んでいく。

金さえ払えば誰にでも股を開く女どもとはありがたみが違う。おれはこのために何百回もソープに通いつめたんだ。

豊乳から腹部を波打たせ、嬌声が響き渡った。

グミの実のように真っ赤に膨れた乳首を上下に揺らしながら、彼女は打ち込まれるままに首にスジを浮かべ、悩ましげに鼻を鳴らす。なめらかな肌は興奮と羞恥に赤みを帯び、噴き出した汗がひとすじ、ふたすじと胸の谷間を伝っていく。

ガムテープに塞がれた口の隙間からヨダレが糸を引いた。

目と口を塞がれていても、眉根を寄せて快楽を噛み締める姿は哀艶で、ますます欲情を昂ぶらせてくる。抜き差しをしながら尖った乳首を摘まんでやると、ひときわ甲高い喘ぎが返された。いやいやと首を振ってはいるが、犯されてもなお欲しがる体にこそ嫌悪と絶望を感じているのかもしれない。

根元までずっぽりハメて、ゆっくりと引き抜いた。強烈な一撃を与えてはゆっくりとエラのくびれでGスポットを逆なでしてやる。

「アアンッ……ググッ……ハァン……」

貫くほどに、膨らんだ花びらが怒張にまとわりついてくる。身震いするほどの吸着が膣ヒダから浴びせられた。深々と突きながら乳首とクリトリスを交互にひねってやると、彼女は痙攣させた体を激しくよじり、収縮する女肉をさらにビクビクとわななかせた。

「クゥウッ……」

蕩けた蜜肉からペニスを引き抜いた。

いったん抱き起こし、うつ伏せへと体勢を変える。一瞬、空洞になった肉穴だが、すぐに物欲しそうにヒクつきだした。

頰をつかせ、高々と尻を突き上げさせれば、今この瞬間まで男のモノに絡みついていた洋紅色のラビアがめくれて、濃厚な花蜜が湧き出てきた。そして、縦に走る淫裂の上には、高慢な女のイメージを裏切る排泄のすぼまりが、グレーの菊の花のように楚々と咲いている。

女の園が蠢くたび、アナルのすぼまりも小刻みに震えている。ヒクヒク……ヒクヒク……と、それは何か言いたげで、それでいて言葉を失っている女の口ようにも見える。

尻を突き出しながら彼女は泣いていた。姿勢が変わったせいで、ガムテープの下に溜まった涙がこぼれてきたのだ。だが、熱い涙は蜜壺からも絶え間なく流れている。白く濁らせた本気汁をも垂れこぼす姿は、もうかつての自分には戻れないという無念の涙とも受け取れる。

ならば——とことんまで堕《お》としてやろう。

中指でこってりと掬い取った淫蜜をアナルのすぼまりに塗りつけた。

「アアッ……ヤッ……ァ」

すぐに拒絶の反応が返されたが、そんなことはかまわない。蜜を塗りたくり、充分に潤わせた菊孔に指先を挿し入れる。

「ヤアッ……アアッ」

ヒダが塞がり、指が締め付けられた。それ以上進むことも退くこともできないほど見事な収斂《しゅうれん》だ。風俗嬢のケツのアナルの穴は触わる気など起きなかったから、これが初となる。初めて味わう女のアナルの感触に興奮を隠しきれない。ほぐしながら引き抜くと、裏側にめくれた肛門ヒダがフジツボのような様相を見せた。

匂いを嗅ぐと、整った美貌からは想像できないほどの腐臭が鼻先に揺らいだ。だが、美貌とはかけ離れた匂いが、より勃起を硬くしたのは言うまでもない。今度はアナルの皺を延ばすように丸く周囲をなぞった。

「ハアッ……ンンンッ」

肛門粘膜が伸びて、まだらに染まるセピアとピンク色があらわになった。彼女は苦しげに啼いた。にもかかわらず、螺旋を描く指は肛門から滲み出た汁でなめらかに動いた。驚きだ。アナルからも体液が出るのだ。

背中には汗粒が光っていた。砂丘のようになだらかな背中のカーブを大きく反らせ、拘束された手を握り締めながら、彼女は全身をぶるぶると揺すり続けた。

ヌプッ——

「クッ……ウゥ」

先ほどより弛緩したすぼまりは、力を込めると二センチほど中指を呑み込んだ。きついのは入り口部分だけで、中は案外ゆるいことがわかった。

ゆっくりと抜き差しをする。

クチュ、クチュチュ……。

「ハァ……ンン……」

いくぶんか和らいだらしい。指の動きに合わせ彼女の狭い菊口が開かれていく。最も羞ずかしい器官を責められても、もはや拒絶の余地がないと理解しているようだ。豊満な尻をくねらせ、彼女はこのおぞましい抜き差しに耐えていた。肛門は指にキュッと吸いつき、抽送のたびセピア色の粘膜が指とともに蠢いている。放射状に刻まれた皺が緩んでは締まり、引き絞っては弛緩する様は圧巻だった。

クチュ……グチュチュッ……。

菊口を責め続けるにつれ、指は奥深くの粘膜をえぐり、そのたびに彼女は呻いた。肛門粘膜を玩弄した指をくちゅりと抜くと、一段ときつい恥臭が部屋中に漂う。

粘液がこびりついたその指を、おれは彼女の鼻先へ持っていった。

「嗅ゲヨ……自分ノケツノ匂イ」

高い鼻梁に濡れた指をなすりつけると、ガムテープの上からでもわかる絶望と羞恥に満ちた表情で、おそるおそる鼻を鳴らしたのち、

「クウウッ……イヤァッ……」

ひときわ顔をしかめ、これ以上ないほど紅潮させた顔を振りまくった。その様子を見ながら、再びアナルに指を入れては抜き差しを愉しんだ。

「ウウ……アンンッ」

どれくらいアナルをいじっていたのだろう。すっかりないがしろにされた女園は、目の覚めるほど鮮烈な紅色に染まり、誘うように甘酸っぱい花蜜を滴らせていた。

女の孔がさらなる快楽を求めている——。

アナルから指を抜いた。口に含むとかすかに苦味が走った。

ベッドに片足を載せ、汗が光る双臀をわし摑んだ。

「ヒッ……ィ」

息つく間もなく、バックから突き立てた肉棒をめりめりと沈み込ませた。

「クッ……クッ……クウウッ」

「おおぅ」

ヌルリと貫いた女膣は正常位とは異なる締めつけだった。さんざん焦らされたせいか、それとも、風俗嬢にもいた下つきゆえのしまりの良さか、ちぎれるほど強烈な力で四方八方からギュウと締め上げてくる。

「くぉっ、くうぉっ……」

いまだかつて味わったことのない壮絶な快感に見舞われ、あやうく射精の悦に達しそうになる。歯を食い縛って、大きく息を吸った。丹田に意識を集中し双臀に指を食い込ませる。

カリの段差を利用してぐちゅり、ぐちゅりと連打を送り込むと、彼女は頭をシーツで掻きこすりながら激しく尻を振り立てた。行き場のない悦楽を訴えているのは間違いない。くぐもった声と汗みずくの肌、一突きごとに食い締める膣肉が、快美と羞恥、困惑をないまぜに訴えてくる。

後ろ手に拘束された手が何かを掴もうと宙を掻きだした。

その仕草に応えるように細い手を掴んでやると、彼女もギュッと握り返してきた。そのまま腕を後ろに引き寄せ、腰を打ち振ると、のけ反った女体が嬉々としてはずみをつけ結合を深めた。

「アアァ……ハアァァン」

荒々しく穿たれる膣肉は、煮詰めた飴《あめ》のように熱く蕩けていた。

衝撃のたびに脳天に響くのか、頭をぶるぶると震わせている。握った手に爪が立てられると、さらに猛然と打ち込みを浴びせた。その爪が立てられた箇所は、以前メカニックのメンテナンス時に縫った傷だった。彼女も気になるのかミミズ腫れの隆起をしきりに引っ掻いてくる。

苛烈に抽送される剛直の周りは、太棒を食らう真紅の女肉が狂い咲きした肉食花のように、分厚い花びらをめくれ上がらせている。互いの粘膜が混じり合う中心では、滴った蜜液が肉棒を白濁に染めていた。

とどめを刺すかのような強烈なピッチで、熟れた媚肉へ抽送を叩きつけた。

「ンンッ……ンンッ」

尻を小刻みに痙攣させ、彼女は切迫した声をあげた。お局と呼ばれる女でも、まだまだ若さを感じさせる締まりの良さが意外だった。

ズチュッ……ジュポッ……！

後方に腕を引き、下からえぐり立てるようにますます速度をあげていく。

「アンッ、アンッ、アンッ……！」

「おおぅ、おおぅ」

埋め込んだ肉棒の威力を知らしめるように、潤んだ肉襞をたっぷりと掻き回す。

あらゆる角度から女園を穿ち、壊さんばかりに怒濤のごとく打ち込んでいく。

「アアアッ……アアッ」

ストロークに合わせ膣肉が収縮する。貫いては遠ざかっていく男根を逃すまいと、狂おしいほど絡みつく膣壁が執念の吸着を浴びせてくる。激しい射精感が急速に尿道にこみ上げ、一突きごとに熱いマグマがせりあがってきた。

ああっ――！

「クウウッ――！」

連打した女肉の最奥で勢いよく男汁が飛沫をあげた。ひときわ緊縮した女陰が脈動するペニスを締めつける。

彼女はこれ以上なく体をのけ反らせ、そのままばたりと脱力した。

――恐ろしいほどの静寂が舞い降りてきた。

呼吸以外なにも聞こえない。

ペニスを引き抜いたとたん、めくれ上がった肉ヒダの狭間から白濁の液がドロリと垂れ落ちる。蜜汁と混ざりあった精液はひどく生臭い匂いを放っていた。

彼女は動かない。唯一息継ぎを許された鼻で、息も絶え絶えの呼吸を繰り返す。

ぐったりとする彼女の手の拘束を解いた。
部屋を出る際、壁にかかっているレイを取りあげ、彼女の体に放り投げた。
（いい絵づらだ）
録画を見るのが楽しみだった。

第四章　トイレ侵入

1

「えっ、あのサトクニが？」

「シーッ！　悠里、声が大きい」

亜希子は思わずカーテンを閉めた。

サービスが一段落した後方ギャレー内。羽田─沖縄を飛んでいた上空でのことだ。

寮でのレイプ事件のことを告げると、藤城《ふじしろ》悠里は素っ頓狂な声をあげた。

悠里は亜希子の同期で、年齢は同じ二十九歳。スラリとした長身と、端正で涼しげな顔立ちをしたクールビューティだ。

結婚した昨年から国際線に異動したが、国際線と併行して月に数回は国内フライトが入る。今日は久しぶりの同期フライトとなった。

入社九年目ともなると、四十名いた同期のほとんどは結婚や出産、転職で退職し、五名に減ってしまった。新人時代はそれほど仲が良かったわけではないが、大半が辞めてしまった今では、同期はおなじ釜の飯を食った貴重な存在となる。

「で、サトクニは大丈夫なの?」

悠里は声をひそめた。

「今は入院中。会社も詳しいことは教えてくれないの。半ドアになっていたのを通りかかったCAが不審に思って、部屋を開けたら、ガムテープを巻かれてぐったりしたサトクニを見つけたらしいの」

「寮の防犯設備は強化されたって聞いたけど、監視カメラとかに犯人は映ってないのかしら?」

「それがひどいのよ。警報アラームは全室つけたのに、監視カメラは予算の都合で全部ダミーだったんですって」

「うそ」

「本当よ。事実を知ってみんなカンカン。私、サトクニの一つ上の角部屋でしょう。もう怖くて……。それに最近、部屋の様子が変なの。ステイから帰ってくると小物の位置とか、微妙に変わってるような……誰かが侵入してる気がしてならないわ」

亜希子は最近とみに感じている部屋の異変を打ち明けた。

部屋だけではない。常に誰かに見られている気がする。不穏な視線を感じてならないのだ。

「ねえ、不安なら一度泊まってあげましょうか？　ちょうど来週ダンナがいないのよ。雀荘のお客さんと伊豆でゴルフですって」

「本当？　悠里が来てくれたら心強いわ」

悠里の夫は成田で雀荘の雇われ主人をしていると聞いた。不況とはいえ、それなりに華やかな結婚式をするＣＡが多い中、悠里はいつの間にか入籍を済ませ、後日、仲間内にハガキで知らせる質素な形式をとった。

相手は父親ほど歳の離れた男性だと聞いたが、どんな人なのだろう。

「一度、白ユリ寮のお風呂に入ってみたかったのよ」

無邪気に笑う悠里に、必要以上の邪推はやめた。今は同期の親切心を素直に受け止めよう。

「ジャグジーもあるのよ。一緒に入りましょう」

二人ではしゃいだ声をあげていたそのとき、

「ちょっと、あなたたち！　仲良しこよしはフライト後にしてちょうだい！」

ベテランパーサーがカーテンの隙間からぬっと顔を出した。

「志摩さんは空いたカップをさげる。藤城さんは、お子さま連れのお客さまに絵本を差し替えてあげて。さあ、仕事、仕事」

「はーい！」

亜希子と悠里は慌ててキャビンへと向かった。

2

週明け。

「わあ、広いお風呂ねー」

休日を利用して泊まりに来てくれた悠里を亜希子は大浴場に案内した。

一階にある浴場の湯は、地下から汲み上げた天然温泉だ。

各部屋にユニットバスがあるにもかかわらず、ジャグジーを併設したアルカリ性温泉はＣＡたちに大人気で、今日も七席あるカランすべてが埋まっている。

湯気で曇る窓の外には目隠しのための塀が立てられ、植え込みには、ちょうど季節のツツジが咲き始めたところだ。

窓際には四畳半ほどの浴槽。一段上がった場所には円形のジャグジーがぶくぶくと泡を立てている。

亜希子はシャンプーやリンスの入った入浴セット片手に、悠里と一緒に洗い場に向かった。

（悠里、相変わらずスリムできれいなカラダ……）

後ろ姿を見ながら、思わずため息をついてしまう。

細い首から続く優美な肩のライン、淡く浮き出た肩甲骨、くすみのない透白の肌。ハート型に張り出したヒップはキュッと上がって、くびれから美しい流線型を描いている。

亜希子は最近太腿につき始めた脂肪を気にしつつ、湯けむりの中、胸元から垂らしたタオルで前を隠し、悠里のあとを追った。

一緒に風呂に入るのはいつ以来だろう。

二十歳だった訓練時代の合宿。そのあと二、三年前に鹿児島ステイで霧島温泉の立ち寄り湯に行ったことがあった。時間別で男女が入れ替わる露天風呂があり、渓流のせせらぎを聴きながら、満天の星空の下、互いに「女同士じゃもったいないわね」などと笑いながら湯を堪能した。

「この時間帯って、いつもこんなに混んでいるの？」

悠里が振り向いた。

「いつもは大丈夫なはずなんだけど、たまたまかしら」

思ったより混雑する浴場は、湯船も洗い場もＣＡたちで溢れ返っている。

見渡す限り、女の裸、裸、裸——。

と、そのとき、

「あっ、亜希子先輩」

長い濡れ髪を束ねて立ち上がったのは梨乃だ。

「ここ、空きましたからどうぞ」

タオルで前を隠し、椅子にシャワーをかけてくれる。すっかり湯に温まった肌はピンクに染まっている。グラマラスな豊乳と薄桃色の乳首が目を引いた。

乳頭から滴が垂れ落ち、ひどく艶めかしい。

鳴海の一件で淫らな妄想が膨らむ一方だが、平静を装った。

「ありがとう。梨乃、同期の藤城悠里よ。旧姓は伊部《いべ》。覚えてるかしら」

「伊部先輩、もちろん覚えています。何度かフライトご一緒させていただきましたよね。その節はありがとうございました」

梨乃はぺこりと礼をするも、

「あ……私はまだド新人だったから、覚えていらっしゃらないかもしれませんが」

すぐに困ったように笑った。

悠里はいまいちピンとこない顔をした。というより、素っ裸でなされる挨拶に居心地わるそうな風情だ。

梨乃も空気を察したのか、

「いやだ、私ったら裸のままですみません。それにしても亜希子先輩の年って当たり年！　美人ばっかりじゃないですか。じゃ、お先に失礼しまーす」

いつもの調子で飄々と出ていった。

「なんなの……あの子」

腰に巻いたタオルが半分ずり落ち、ワレメもあらわな尻をぷりぷり揺すって出ていく梨乃の後ろ姿に悠里は眉をひそめる。

「面白い子でしょう。同じ班で仲いいのよ。あれでいて仕事はしっかりできるんだから」

「当たり年って……私はワインじゃないわよ」

後輩からいきなり浴びせられたジャブに、悠里は口を尖らせる。

「まあまあ、さ、行きましょ」

二人でさっとシャワーを浴びて、湯船に身を沈めた。浴槽にはすでに三人のCAが入っている。熱い湯に首まで浸かると、悠里の口許から「ああ……」と心地いい声が漏れた。

「お湯が柔らかい。手足が伸ばせるなんていいわ～」

まろやかなお湯に包まれ、どうやら機嫌は直ったらしい。大きく伸びをして、両手にすくった湯で頬をパッティングしている。

「いいでしょう。肌もツヤツヤよ」

「あら、亜希子。首にキスマーク」

「えっ」

慌てて両手で首を隠した。先日、徹につけられたものだろうか。いや、鏡を見たときは確かになかったはずだ。

「ふふ、引っかかった」

悠里は無邪気な子供のように白い歯を見せた。

「もう、いじわるねぇ」

「生意気な後輩のお・か・え・し」

「……ねえ、結婚生活ってどう？」

自分でも思いがけずそんな質問をしてしまった。

「どうって。別に……」

悠里は曖昧に言葉を濁す。

「ずいぶん、年上のご主人って聞いたんだけど」

「まあ、そうね」

悠里は夫のことを語りたがらない。

どこで知り会ったのか、付き合ってどれくらいで結婚したのかなど一切を語ろうとしない。

悠里は横浜でもお嬢さん学校として有名な女子高、女子大を卒業している。裕福な家庭に育ったのだろう。それに加えてこの美貌だ。縁談には事欠かなかっただろうに、父親ほど年上の男と結ばれた。差別する気はないが、雀荘の雇われ主人とは大金持ちでもなさそうだ。

別に金持ちや有名人、華やかな職業の男と結婚することがいいとは思わないが、徹との将来をそろそろ考えたいときに、悠里がどうして結婚に踏み切ったのか興味深いところだ。

そんなことを考えていると、

「亜希子、あなた結婚を考えている人、いるんじゃないの」

逆に悠里から訊かれてしまった。

「うん……いなくはないけど」

今度は亜希子の方が言葉を濁す。

「焦ることないわ。じっくり考えなさい」

悠里は言うと、結婚の話はこれまでとでも言いたげにニッコリとした。亜希子はこくりとうなずき、自分の肩を揉んだ。

しばらくすると、二人は隣のジャグジーに移動した。側面と真下から噴き出す気泡が肌に心地いい。一段高いここからは、浴場の隅々までよく見渡せた。

「壮観ね。若い体がまぶしいわ」

悠里は浴槽にもたれかかりながら、そばを行き交うCAたちをまぶしげに見つめた。この寮には三十路ごえのベテランCAは二割ほどで、大半が二十代の若手で占められている。上京したての新人には好評だが、やはり男子禁制が一番のネックらしく、一年もすれば出ていくCAが多い。

二十九歳の悠理が、若い体に見惚れても不思議はないだろう。

亜希子には見慣れた入浴風景だが、初めて来た悠里には新鮮に映るに違いない。

「みんな、意外にあけっぴろげなのね。前を隠さない子もいるわ」

「最近は気にしない子が多いのよ」

亜希子は湯に浸かりながら、こった首を回しストレッチをする。眠りが浅いせいか、最近は肩こりがつらいのだ。

不意に悠里が腰を浮かした。

「ちょっと、あの子見て、信じられない……あんな可愛い顔をして――」

「ん？」

視線の先には、片腕をあげT字型のカミソリで腋毛を剃ってる後輩がいた。

確か、二十一歳の榎木《えのき》あかねだ。ふっくらとした丸顔に、大きな瞳。顎の位置できれいに切りそろえられたセミロングが初々しい。ベビーフェイスに不釣り合いなほど乳房と尻が発達したぽっちゃり体型だが、そのあか抜けなさが逆に周囲をホッとさせるのか、客やパイロットたちにも人気がある。

スリムになれば、たちどころに美貌が増すだろうが、自分の魅力に気づかないからこそ存在する魅力もあるのだ。

「部屋にはユニットバスもあるっていうのに……呆れるわ」

悠里は苦笑を漏らし浮かした腰を落ち着けた。

「まあ、いいじゃない。若いんだし」

「そうね。それよりも、やっぱり部屋のことは気になる？」

悠里がこちらを向いた。

「気になるわよ」

「じゃあ、いっそ、寮から出たら？　以前、住んでいた大森辺りで探してみたらいいじゃないの」

悠里に悪気などあるはずはないだろうが、その言葉はあの空き巣事件を、まざまざと蘇らせた。亜希子は固く瞼を閉じ、二度、三度首を振り、記憶を追い払った。

「どうしたの？　のぼせた……？　もう、出ましょうか」

悠里が心配そうに横に近づく。

「そうじゃないの……そうじゃなくってね」

悠里にはあのことを話そうか。これまで自分の胸の中にだけ閉じ込めてきた。だからこそトラウマとなって自分を苦しめ続けている。他人に話せば、ひょっとしたら少しは楽になるかもしれない。悠里なら軽々しく他言すまい。

「私……大森に住んでいたとき、空き巣被害に遭ったの」

亜希子は空き巣に部屋を荒らされたことを話した。

「下着が部屋に散らかって、パンティには……男の精液が」

ここで嗚咽が漏れそうになった。

「わかったわ。辛かったわね」

悠里は小さくうなずき、

「実は私もね、酷い目に遭ったの」

「悠里も空き巣に入られたの？」

「そうじゃないわ。もっとひどい目」

「ストーカー？」

「もっとひどい……もっと、もっとひどい目」

「…………」

「ごめんなさい。あなたはちゃんと話してくれたのに、わたしはこんな曖昧な言い方しかできなくて……。それくらいひどい目だった。でも、今もこうして生きているわ。ＣＡを続けて結婚して……。さっきの質問に答えるわね。結婚生活っていいものよ」

悠里は指で亜希子の目の下をそっと拭ってくれた。

胸の動揺が静まってゆく。

「時が解決するってことかしら」

「それもあると思うけど、やっぱり、本当に愛せる、愛してくれる人ができればいいわね」

「ありがとう」

悠里に話してよかった。これでトラウマが消えるとは思えないが、ずいぶん気が楽になったのは確かだ。

悠里は亜希子の様子に安堵したのか、

「ねえ、こうして見ると、裸って人それぞれ違うのね」

湯船のへりに顎をのせて呟いた。

「どうしたの……いきなり」

亜希子は悠理の視線を追うように周囲を見渡した。濃い淫毛の手入れをする者、意外にも乳輪が大きい者、化粧とすっぴんとの落差が激しい——様々なＣＡがいた。

「なんか、久しぶりに女の裸を見たわ……」

その横顔がわずかに陶酔したように見えたのは気のせいだろうか。遠い過去を思い出し、懐かしむような——。涼しげな目元が汗と湯けむりに潤み、妖しい輝きを放っていた。

3

真夜中、悠理は窓ごしに聴こえる街路樹の葉音にふと目覚めた。

一瞬いつもと違う部屋の様子に、ああ、ここは亜希子の部屋だったと人心地が着く。

横では煌々《こうこう》とした照明の下、亜希子が安心しきった様子で寝息を立てている。

シングルベッドに二人は窮屈だが、布団を借りると言う悠理に、亜希子が一緒のベッドに寝てほしいと懇願したのだ。怖くて照明もつけたまま寝ると言う。

（可哀そうに……）

真下の住人がレイプされたとなると、そのショックは相当なものだろう。第二、第三の被害者が出ない保証はない。

――自分もレイプ同然で処女を奪われた。

あのおぞましさは体験した者でないと理解できない。何度も悪夢にうなされ、いつも他人の影におびえていた。人格そのものが破壊され、人生の歯車が狂ってしまう。

だがその憎むべき男が、実はいまの夫だと知ったら亜希子は何と言うだろう。とち狂ったのかと嫌悪するだろうか。目を覚ませと咎めるだろうか――。

いや、亜希子はそんな人間じゃない。

きっと多くを訊かず、何か理由があるのね、と静かに微笑んでくれるだろう。

いずれにせよ、今夜来て本当によかった。

亜希子は「誰かに見られている気がする」と言ったが、言われてみればそんな気もしないではない。だとしたらなぜだろう。

悠里は、天井や壁、窓、カーテンの隙間、机や姿見に視線を移す。どこにも異常はない。でもなんだろう、この言い知れない不気味さは。

室内を見回しながらも思い出すのは、今日、風呂場で目にした女たちのまばゆい肢体だった。

久しぶりに女の裸身を見た。弾けるような若い肌の後輩ばかりだった。

肉のつき方、手足の長さと太さ、乳房の大きさや乳首の色、恥毛の生え方は皆それぞれ違っていた。惜しげもなく裸身を晒す彼女たちを見て、ふっと子宮にこみ上げてくるものがあった。

(翔子《しょうこ》……)

悠里はいっとき付き合っていた恋人の翔子を思い出した。完璧な美しさを持つ女医だった。つらい別れをしてしまったが、彼女が教えてくれた女同士の甘く底なしのセックスだけは忘れられない。

柔らかな唇。きめ細かいすべらかな肌。頬を寄せれば漂ってくるかぐわしい香り。そして、あのとき放たれる儚げな喘ぎ。女だけが持っている柔らかに濡れた粘膜――。

あのとき、別れなければ自分はどんな人生の選択をしていたのだろう。

そんなことを考えていると、

「んん……」

隣で亜希子が呻いた。

「ごめん、起こしちゃった……？」

悠里の声に返答はなく、亜希子は仰向けのまま目を瞑《つむ》っている。

なんだ、寝言か――。

亜希子は起き上がって、亜希子の顔をじっと眺めた。

何て綺麗な寝顔なんだろう。シミひとつない頬はほんのりと朱がさし、長い睫毛はくるんとカールして人形みたいだ。

「亜希子……」

思わず頬を寄せた。ふっくらと濡れた唇に自分の唇を重ねた。

（ああ……この感触）

忘れかけていたときめきが、子宮から全身の隅々まで広がっていく。

亜希子に起きる気配はない。半開きになった口許から甘い吐息が漏れている。

悠里はさらに強く唇を押し当てた。

（ハア……）

モニターに釘づけになった。

思いもよらない女同士の蜜事に、あやうく啜っていたカップラーメンを噴き出しそうになった。

志摩亜希子に覆いかぶさっているのは、同期の藤城という女だ。例の事件で怯える亜希子を心配して泊まりに来たのだろう。

(なんだよ、お前の方がよっぽど危険じゃねえか)

腹の底で文句をつけるが、この絵ヅラはなかなか魅力的だ。タイプは違うが、二人とも細身の美人で甲乙つけがたい美しさを放っている。

画面の中の藤城は亜希子の体に指を這わせ、一方の手を自身の股間に伸ばした。

4

一週間後——。

(ハァ……)

その部屋の住人は不在だった。

スケジュールは知っている。今日から一泊二日のステイなのだ。

ずんぐりとした手がカギを回し、施錠を外す。中に入りスイッチを押すと、中の灯りが室内を照らした。

オフホワイトのベッドカバーにベージュのカーペット。白を基調にまとめた部屋は、清潔な笑顔を見せるあの人にとてもよく似合っている。

スニーカーを脱ぎ、カーペットを踏んだ。真正面には窓があり、左にベッド、右には机とテレビ、クローゼット、全面鏡が並んでいる。

パソコンは机の上にあるノート型。フリーズ程度で真っ青になって管理人室に駆け込んできたところを見ると、ＩＴにはそうとう弱いようだ。

全面鏡をさらに右に進めばユニットバスだ。ワッフル織りのバスマットを越えて、ユニットバスのドアを開けた。

柑橘系のボディソープの香りが鼻孔に忍び込む。洗面台には化粧水や乳液の類が置かれている。ガラスのコップに歯ブラシが立てられているのを見つけると、すぐさま口に含んだ。ミントとともにあの人の甘い唾液の味がする。

歯ブラシを咥えながら便座のふたを開けた。

陰毛でも落ちていないかとくまなく探したが、残念ながらそれらしきものはない。便座を撫でる。ここにあの人のナマの尻が触れているのだと思うと、股間はたちどころに漲ってくる。便座の匂いを嗅ごうか迷ったが、それはやめた。

目的のものが見つからなかったらやればいいことだ。

（ハア……）

股間がもう一度大きく脈打った。

汚物入れを見つけた。中を見るがからっぽだ。鏡は磨き抜かれ、ステンレスの蛇口も曇りひとつない。シャワーカーテンを開け、浴槽を見ても、髪の毛一本落ちていない。あの人のイメージどおり、かなりきれい好きのようだ。

それでも、興奮が収まる気配はない。あの人の触れているもの、使っているものに囲まれている至福と昂揚が、さらに獣欲を昂ぶらせた。

パタン――。

上の棚を開けた。買い置きのシャンプー類や歯磨き粉に加え、生理用ナプキンとタンポンが出てきた。

羽根なしのナプキンを一つ取出し、ぺりぺりと開く。

両脇を水色のラインで縁どられたふっくらとした紙面が現れた。

（フウッ……フウ）

鼻息が荒くなった。ここがあの人の恥部に触れるのだ。柔らかなアソコを覆うのだ。それを想像すると、いったん落ち着きかけたジャージの中が熱く肥え太ってくるのがわかった。

咥えていた歯ブラシを台に置くと、唾液をたっぷりとためた舌でナプキンを舐めた。ねとついた唾液はまたたく間に吸収されていく。

かまわずベロベロとなぞった。何度も、何度も。

せまいユニットバスには唾液と紙の擦れる音が反響した。

大量の唾を沁みこませると、ナプキンはわずかに厚くなり重みも増した。それを丁寧に畳み直し、元の位置に戻しておく。自分の唾液が染みこむナプキンがあの人の恥部に触れるかと思うと身震いするほどの興奮が込み上げてきた。

バスから出てクローゼットに向かった。ドアを開けると、芳香剤の香りが漂ってくる。女というものはどこまでも匂いにこだわるらしい。

白やネイビーカラーのシンプルな洋服たちが並んでいる。あまり派手な色は好まないようだ。白や紺、黒など、落ち着いた色彩がかえって情欲を掻きたてる。

四段ある収納ケースの引きだしを開けた。一段目は部屋着類。淡いパステルカラーが多い。二段目は下着。ブルーやパープル系などシックなものが好きなようだ。バストのサイズは65のDカップ。パンティもペアでそろえている。

その中の一枚——淡いパープルのパンティを手に取り、すぐさまポケットにしまう。

三段目と四段目はニットやタンクトップ、カジュアルなものがきちんと畳まれてしまわれている。

この部屋に入るのは三度目だ。最初は里中邦子の空き巣騒ぎ。二度目は盗撮カメラと盗聴器を仕掛けるため。カメラはテレビと火災報知器に設置した。ユニットバスにも設置したいが、湯気で画像が不鮮明な可能性もあるのであきらめた。

何よりも、ベッドの真正面にあるカメラが美しい寝顔を収めてくれるだろう。

あの人が最も恥じていたアレはあるだろうか。

(——あった)

あのとき、里中邦子と必死に取り合っていた青いポーチ。あれから置き場所を移動したらしく、ハンディタイプの美顔器と一緒の袋に収めてある。

ファスナーを開けると、半透明な楕円形の玩具が入っている。

これをあの人が使っているのか。アソコに押し当て挿入しながら、ヨガり啼いているのか。

(ハアッ……)

くんくんと匂いを嗅いだ。かすかに甘酸っぱい発酵臭がする。

これがあの人の匂いだ。このカプセル状の玩具を使い、あの端正な美貌をどのように歪めているのだろう。

差し出した舌でネロリと舐めた。丸い塊がひんやりと舌に載った。

口に放り込み、飴玉のようにしゃぶってみる。クチュリ、クチュリと音を立てては、彼女の喘ぐ様子を妄想してみる。スイッチを入れれば、ヴィーンと振動が頭蓋骨に響いてきた。

ベッドカバーを剝ぎ、シーツに腰をおろした。布に染みこんだ甘い香りがかすかに漂ってくる。吐き出したローターを股間に押し当てた。

ヴィーン、ヴィヴィヴィーン——!

「くううっ、くううう……」

毛布に包まり、枕に顔をうずめると甘い香りが濃密になった。あの人の匂いで肺を満たしながら、ペニスの先端から根元へとバイブを押しつけた。

「ハアッ……ハァ……」

急激に射精感が込み上げてくる。

里中邦子を犯《や》ったときとは違う高揚感に包まれる。あんな女とは違う、もっと気高く手の届かないところにいる女《ひと》。

誰も触れさせない。触れるなら、犯るなら、この自分だ。

長い髪を見つけた。指先で絡め取る。漆黒の毛髪が艶やかに光った。毛根についた皮脂の塊さえ神々しい。口に含みねぶり回す。ジャージをおろし、玩具をペニスに押しつけた。もう一方の手で取り出したパンティを勃起に被せ、しごき立てる。

ズリュッ、ニチャッ――

あの人の笑みが明瞭に浮かび上がった。凜とした制服姿が瞼に蘇った。下着姿、オナニー姿――。ああ、あの可憐な唇の間にペニスをぶちこんだら、どんな表情をするのだろう。眉根をよせながら懸命に吸い立ててくれるのだろうか。潤んだ瞳を細めて、献身的にしゃぶってくれるのだろうか。

「クッ……亜希子ッ……」

しごきながら、コントローラーをマックスに上げ、裏スジのよじれ目に強く押しつけた。ビリビリと唸る振動に、いきり立った肉棒が激しく痙攣する。

「オオオッ、オオオオッ！」

痺れるような快美感が一気にせり上がり、尿道から込み上げるものをもう抑えることはできない。

脈動するペニスの先からドクンドクンと飛沫がほとばしった。

一週間ためたザーメンを、亜希子のパンティにぶちまけた。

第五章　制服を着たままで……

1

梅雨に入っていた。

路のあちこちで、彩りの主役を誇るアジサイが鮮やかに咲いていた。

この三日間、鬱陶しい雨模様だったが幸い今日は青天。束の間の五月晴れに心潤わせながら、亜希子は乗務を終えた。

「徹、これフライトのお土産」

待ち合わせのレストランでオーダーを終えると、亜希子は白いクロスのかかったテーブルの上に包みを置いた。

天王洲のホテル内にあるこの店は、広くはないが落ち着いた雰囲気のイタリアンレストランだ。イタリアの田舎にある食堂をイメージしたという店内は、カップルも多く雰囲気もいい。

徹はスーツに包んだ体をわずかに乗り出し、

「フライト土産なんて珍しいな。さては――」

「な、なに……？」

「人はやましいことがあるとき、普段と違う行動パターンをとるからね」

意味ありげに笑みを浮かべてくる。

「何もあるわけないでしょう。久々の沖縄便でちんすこうを買ったの。徹が好きだって言ってた黒糖より今はこの雪塩味が人気なんですって」

亜希子はわざと呆れ笑いで心の動揺を押し隠した。

徹の勘は鋭い。いつもと違う心模様を見抜いているかのような言い草だ。事実、大阪ステイで乗客と食事を摂《と》った後ろめたさが、土産物でごまかそうとする代償行為に走らせたのかもしれない。

でも、そんなことはおくびにも出さず、努めて冷静さを心がけた。

「冗談だよ。サンキュ」

そう言いながら鞄にしまう姿に、わずかに胸が痛んだ。

一カ月ぶりに逢う徹は、黒いシフォンのワンピースを着た亜希子を柔らかな目で見つめた。平日の午後七時、海に面したテラス席はデッキへと続いており、夕涼みをするカップルや犬の散歩をする人が行き交っている。

かすかな潮の香りと打ちつける波の音が穏やかだ。西の方角には、ビルの谷間に沈む陽が暮れなずむ夕空を紫とオレンジに染め上げていた。

ここに来るまで、今日はちょっとしたトラブルがあった。

夕刻のランウェイ[*4]が予想外に込みあって着陸が遅れたうえ、乗客の忘れ物ケアで終了時刻が一時間も延びてしまったのだ。

おかげで予約してあった土佐料理の店はキャンセルし、急きょ羽田に近い天王洲のイタリアンに変更してもらった。

慌てて支度をし終えたのが六時半。結い上げた髪はそのままでいいとしても、せめて紺のストッキングは穿きかえるべきだった。

どう見ても洋服と合わないストッキングだけが浮いている。

キャリーを引き、衣装ケースも携帯しているので周囲にはCAだと丸わかりだろう。ちぐはぐな服装と土産物の一件で、心ざわめく居心地の悪いデートの始まりとなった。

三十三歳の徹は中肉中背だが、学生時代、剣道に明け暮れていたというだけあってがっちりとした頼もしい体つきだ。

手も分厚くて大きいが、指はほっそりとしている。それが繊細さを表しているようで、亜希子の目には魅力的に映る。少し心配性でヤキモチ妬きなのが難だけれど、頭の回転も良く話題も豊富で、話していて飽きることはない。

亜希子が等身大の自分でいられる唯一の存在だ。

ワインで喉を潤したあと、徹のダークレッドのネクタイに目を向けた。

「徹、もしかして今日商談だった？」

「ん？　なんでわかった」

前菜の鮮魚のカルパッチョを摘まみながら徹が訊く。

「前に言ってたでしょう？　勝負のときは赤系、お詫びのときはブルー系のネクタイを締めるって」

「正解。上海に進出した大手自動車部品メーカーに生産設備のプレゼンを行ったんだ。競合他社が六社あってさ、厳しかったよ」

「結果は？」

「これだけ機嫌よければ、言う必要ないだろう。正式契約はまだ先だけど、購買責任者から仮発注をもらったよ」

「おめでとう。でも、私に逢えることはご機嫌な要素には入らないのかしら」

「おいおい、いつからそんなイヤ味言うようになったんだ？」

徹は苦笑しながらワインを呷《あお》った。

そこに次々と料理が運ばれてきた。海老のパンチェッタ巻き、イカの墨煮、サザエのサラダ仕立て肝ソース、温野菜。それを手際よく徹が取り分ける。

接待慣れしているせいか、彼はいつも自ら進んで食事のサーブをしてくれる。

「ふふ、徹と付き合ううちに性格が変わっちゃったのかしら」

亜希子はウニとカラスミのパスタをフォークに巻きつけながら笑った。

「そんなことより——」

テーブルクロスの下に移動した手が太腿を撫でた。

「……だめ、ここじゃ……」

そっと退けた手が、再び膝に置かれる。

「だめだったら……」

「いいだろ、テーブルクロスで見えやしないよ」

「もう、誰が見てるかわからないのに……」

亜希子はさりげなく周囲を見回した。

空港周辺のホテルのレストランは、フライト後のＣＡやパイロット、航空関係者が立ち寄ることも多い。独身の亜希子は気にすることはないが、不倫現場など見つかろうものなら、その日のうちに情報がスカイアジアが就航しているすべての地域に飛び回る。それは人の口から口へ、もしくはネットへ。

各エアラインのＣＡに関するくだらない噂話を書き込むサイトもあるのが現状だ。

『ＳエアラインのＹ山Ｒ子が、六本木のバー○○で泥酔中』

『Ｊ空港の人妻ＣＡ・Ｈ田Ｓ美が機長のＦ・Ｆと羽田のターミナルホテルのロビーを通過。ダブル不倫か？』

『Ａ航空ＣＡたちの合コンに遭遇。５対５。男性陣はおそらくプロ野球選手Ｊのご一行。イマイチ盛り上がりに欠けてる。スカしてんじゃねーよ（笑）』

『ＳエアラインのＣＡ・Ｋ井Ｍ子の情報求む！　機内で一目ぼれ』

亜希子は以前、同僚に教えてもらったこのサイトを見て愕然となった。

それ以来、書き込みの類はいっさい見ないと決め、行動にも慎重になっている。

先日の大阪ステイの夜のことも、川瀬や鳴海がうっかりブログにアップしないかと気が気でならない。特にカレンダーに載ってからはやっかみも多い。

「亜希子……」

徹はそんな亜希子の心情など知る由もなく、太腿を撫でさすってくる。

「もう……困った人。わからないようにしてね」

亜希子は平然さを装い、料理を口に運んだ。

わずかな後ろめたさが、つい奔放な手の動きを許してしまう。少しだけ拒む力を緩めると、制止するものがなくなった手は、膝からゆっくりと柔らかな内腿をさすってきた。

「お待たせ致しました」

ウエイターが赤ワインのボトルを持って来た。グラスワインで十分だと亜希子は言ったのに、徹が久しぶりだからと追加したのだ。

亜希子は慌てて徹の手を払い除けた。ボトルの栓が開けられた。ウエイターが注がれたワインを徹がテイストする。

「とっても豊潤だ。熟れに熟れているね」

徹は右手でグラスを持ち、左手で再び膝をさすってきた。そして、

「ほんと、熟れている。飲み盛りだ」

と、ニンマリとした。

ウエイターが、「ごゆっくりどうぞ」と立ち去ってから、

「いい加減にしてよ」

亜希子は顔をしかめて見せた。左手を引っ込めた徹は、

「食べようぜ。腹が減っては戦ができぬ、だ」

二人はしばらく食事を楽しんだ。

2

二十七階の部屋に入ると、どちらからともなく唇を重ねた。

海をイメージしたというハーバーサイドの部屋は、中央にブルーのカバーがかけられたキングサイズのベッドが置かれ、壁際にはライティングデスク、ガラステーブルを設《あつら》えた上質な空間だ。

レースのカーテンが引かれた窓外には、東京湾の夜景が煌めき、ときおり横切る飛行機の赤と緑の主翼灯が、すっかり日の沈んだ夜空を彩っている。

遠く響く航空音はやがて、絡みつく舌の音によってかき消された。

煙草を吸わない徹の息はいつも清潔で、わずかに残るワインの香りと嗅ぎなれた唾液と混ざり、亜希子を安堵させた。徹の手がワンピースのシフォンよりもしっとりと肌をすべった。うなじを伝い、背中のカーブからヒップへと這う手指が、早く抱きたいと訴えてくる。

鼻を抜ける呼吸が徐々に荒くなる。

緩く開いた唇の隙間から湿った吐息が行き交っている。二人は唇を離すことなく息を継ぎ、互いの舌を貪った。背後を撫でる手はじっとりと熱を籠らせ、薄いシフォンごしに高まる掌の体温に、亜希子自身も体の疼きを止めることができなかった。

「亜希子……」

耳にかかる息が熱い。ふくよかな耳たぶをあやすように、ねっとりと舌が蠢いている。首筋に唇を押し当てながら、背中のファスナーがおろされていく。

露出した背を指がなぞった。体がひくんと揺れた。数回、肌が撫でられる。その指がもうすぐブラのホックを外してくるはず——反射的に背中を反らした。

と、徹が口を開いた。

「なあ、制服を着てくれないか」

「え……」

「今日、持ってるだろう。衣装ケースの中」

徹は入り口に置かれた荷物を顎で指した。私服の際、制服は会社のロッカーに置いてくるのだが、今日はたまたまクリーニングのため持ち帰ってきた。それを目ざとく見ていたのだ。

「頼むよ」

徹は少し拗《す》ねたように言った。男はこんなとき少年みたいな顔をする。

「あれはクリーニングに出すものだからだめよ……汚れてるの」

「かまわないよ。いや、むしろ嬉しい」

その熱の籠った言い方が、徹の素直な気持ちを表しているようで亜希子は好ましく思えた。少し迷ったが、

「わかったわ」

徹に回していた手を解き、衣装ケースを持って化粧室に入った。

ドアを閉め、壁面の鏡に映る自分と対面する。ＣＡからすっかり女に戻った色香を孕んだ表情が艶めいている。幸い、紺のストッキングも脱がず、髪も結い上

げたまま。手早くワンピースを脱ぎ、制服のブラウスとスーツに袖を通す。

どうせこの制服も脱がされてしまうのに……そんな淫靡な気持ちが、このあと待っている愉悦の時間への期待を高めていく。

「おまたせ」

紺の制服に制帽、赤いスカーフを巻いたＣＡ姿を、ジャケットを脱いだ徹がまぶしげに見つめてくる。

「いいよ。すごくきれいだ」

徹は両腕を伸ばし、再度抱き締めてきた。優しく包み込む抱擁に、少しずつ体温が高まっていく。徹の腕に徐々に力がこめられ、体がのけ反るほどきつく抱きしめられた。唇を重ね舌を吸い合うと、フライトの疲れや寮での心配事などどこか遠くに行ってしまう気がした。

タイトスカートごしの太腿には、硬く勃起したものが当たっている。夏服の薄いスカート生地を通し、充分すぎるほど欲情したそれは、亜希子の興奮をさらに煽ってきた。

「触って」

唇を離さずに、徹は亜希子の右手を取って股間に導いた。言われるままに手を添えると、いつも以上に漲ったものが掌に触れる。

「……いつもより……硬い」

「制服姿の亜希子を抱きたかったんだ。もっと強く握って」

キスを貪ったまま勃起を握ると、存在感を示すように、もう一度トクンと手の中で脈打った。

制服で抱かれるのは二度目だ。もう半年以上前だろうか。ＣＡ姿のままバックから貫かれたのだ。あのときは欲情する徹を見た連鎖で亜希子も興奮を高めたが、今日は違う。制服をまとったまま、いけないことをしているという事実が亜希子を淫らに染めていく。

自分でも制御できない情欲が体の芯から込み上げてくる。

ゆっくりしごきあげるとペニスはさらに硬さを増し、ドクドクと脈動を刻みだす。

「ああ……すごい……」

亜希子はうっとりと呟いた。

手は自然とベルトを外し、ファスナーをさげていた。

職場で礼節を求められるＣＡは、プライベートでは性に貪欲な女性が多い。いつ命を落とすかわからない職業柄ゆえだろうか。それとも、性的探求心の強い女たちが、たまたまCAという職業を選んだのだろうか。梨乃ほどではないにしろ、亜希子も一般の女性より性欲は強いと感じている。

ブリーフにたどり着くと、布の上から膨らみを揉みしだいた。徹の声にならない呻きが鼓膜を震わせた。抱き締められたまま肉幹をこすり、汁の染みだした亀頭を指先でそっと押さえつける。人差し指でカリのくびれをなぞると、徹は我慢ならないとでも言うように、ビクンと腰を震わせた。

幅広の肩に頭をもたせかけながら、ブリーフの中に手を忍び込ませた。

熱い——。張りつめたビロードの感触とともに粘つく液が糸を引いている。尿道から湧く粘液をまぶすように、優しく剝きおろしては撫で上げる。指の輪の中で膨張した男の象徴を慈しむように、逢えなかった時間と溝を埋めるように、いくどとなく擦り続けた。

二人の官能の波が次第に大きく膨れあがっていく。室内には、衣擦れの音と淫靡な吐息が行き交っている。

不意に頭が押さえつけられた。

「しゃぶってくれよ」

その言葉に、亜希子の口内は反射的に唾液が滲み出ていた。

コクンと唾を飲みながら、カーペットの上にひざまずいた。行儀よく膝をそろえたまま、下着とズボンをおろすと、漲りが勢いよく飛び出した。目線の先には、漆黒の叢からそそり立つものが悠然と鎌首をもたげている。

「嬉しい……」

夜目でもわかる浮き出る静脈と天を衝《つ》く勢いで猛る雄肉が、亜希子の子宮を妖しくときめかせる。いつも以上に硬く張りつめた漲りに右手を添え、頬を寄せた。汗と体臭がむっと匂って鼻先を揺らいだ。重たげにぶらさがる陰嚢は左手に包み込む。制帽を載せた頭を前にのりだし、舌を伸ばした。

裏スジにチロリ……と触れたとたん、

「ううっ」

肉茎がぶるっと跳ねた。裏側をネロリネロリとなぞりあげるごとに唾液が湧きだし、舌触りがなめらかになっていく。カリのくびれにたどり着くと、口いっぱいに唾液を溜め、ひとおもいに頬張った。

「はあ……っ」

ため息が真上から降ってきた。陰毛に鼻梁が埋もれるほど、根元まで咥え込んでいく。口内でねっとり舌をまとわりつかせると、硬く芯のとおった肉茎は、己の力を誇示するように舌腹を押し返してくる。

ジュポ……ジュジュッ……ジュポッ

ゆっくりと唇をスライドさせた。内頬を密着させたまま、口の粘膜全体で擦りあげる。溢れる唾液はとどまることを忘れたように肉をなめらかに包んだ。舌と唇、手の動きを織り交ぜては、献身的なフェラチオを与えていく。

淫らな行為に酔い痴れながら、スカートの奥は熱いヌメリに溢れていた。

「ンッ……ンッ」

亜希子は尻をくねらせた。下着の中でトロリとしたものが滴るのがわかった。全身が甘い痺れに包まれていく。睾丸をあやしながら舐めしゃぶる亜希子に、いっそう強くなった徹の眼差しが、目を開けずとも突き刺さってきた。

「亜希子、こっち向いて顔を見せて」

その声に一瞬、体が固まった。少し時間をおき、伏せていた瞼をゆっくりと見開く。視線をあげると、シャツをまくりあげた徹は腹筋ごしに熱い眼差しで見おろしていた。

「いい表情だ。そのまま根元まで咥え込んで」

言われたとおり、視線を逸らさぬまま喉奥深くまで頬張った。

ジュル……と深く呑み込むたび、頬の皮膚がぴんと張っていく。間のびした顔を眺めながら徹はわずかに首を傾け、亜希子の頬を撫でてくる。

「ああ……なんていやらしいんだ。制服を着た亜希子のフェラ顔を乗客にも見せてやりたいよ」

いつになく卑猥な言葉を口にした徹が目を輝かせた。

「ンン……ンンッ」

亜希子はいやいやと眉間に皺を刻んだが、かえってその姿は徹の劣情を大いに刺激したようだ。内頬にある自身のものを確認するように、膨らみを撫でては、満足げにうなずいた。

「ん、ん……」

頬を撫でられるうちに、亜希子も恍惚感が増してきた。うっとりと目を細め、さらなる快美を与えられるよう、舌を揺れ躍らせる。

徹が歯を食い縛った。その表情がたまらなく愛おしい。感じてくれている様を目の当たりにし、亜希子も情欲に満ちた体をさらに熱く焦がしていく。

チュバッ……チュバッ……

左右に首を傾けながら、肉棒全体をまんべんなくねぶりあげた。仁王立ちする男の顔を見ながらのフェラチオは、首にひどく負担がかかるが、その疲労を凌駕するほど、淫靡な爽快感に満ちていた。上顎や下唇を使いながら情熱的なスライドを浴びせると、口内で肉竿がいっそう硬度を増し、興奮を伝えてきた。

「ンンッ……ハアンッ」

亜希子は鼻を鳴らしながら頭を打ち振った。根元に添えた手に唾液がだらだらと滴ってくる。滲み出るかすかな苦みさえも、甘露に満ちていた。

何度もえずきながら咥え込み、霞む瞳で愛しい男を見上げていた。

不意に、徹の腰がぐんと斜めに入った。

「ンンンッ！」

頬が亀頭の形に膨らんだ。

「ああ……美人が台無しだ」

亜希子は羞恥に顔を歪める。その行為に味をしめたのか、両頬が交互に貫かれ、そのたび亜希子はいやいやと眉間に皺を刻んだ。拒絶の振る舞いをするほどに、神聖な制服が穢されていく気がするが、むしろその冒瀆めいた行為に被虐の悦びを感じていた。

ひとしきり内頬を打った徹は、陰嚢も舐めるよう命令した。

亜希子は首を傾け、肩幅に広げられた股ぐらに身を入れる。

片手で竿をにぎったまま、産毛の生える皺袋を口に含む。飴玉のように転がすと、

「おおぅ……おう」

低い唸りとともに太腿が小刻みに震えだした。性毛が鼻をくすぐり、濃厚さを増した淫臭が鼻を打つ。徹の興奮が五感に響くにつれ、亜希子の体もいっそう火照りを増していく
「……もうベッドへ行こう」

3

ハイヒールを脱がされ、仰向けに寝かされた。

窓から漏れる灯りが天井や壁に光の帯を映し出している。

徹もブリーフ一枚となった。

勃起が下着を突き上げている。前回、制服で抱かれたときは、窓辺でバックか

ら貫かれたので、着たままでベッドに横たわるのは初めてだ。予想以上に背徳心を煽り、下半身を妖しく疼かせる。体の奥から甘美な蜜が溢れてくる。

「きれいだよ」

体にまたがった徹は、じっと見つめてくる。切なげな表情を作りつつも、亜希子の心の奥底では言い知れぬ愉悦に浸り切っていた。点火した火種が音もなく広がり、煽情的に染まる肌をチリチリと燃やしてくる。

首元のスカーフが解かれた。

ボタンを外した手がブラウスとジャケットを左右に開き、胸元をはだけさせた。

「プレゼントしたの着けてきてくれたんだね。よく似合ってるよ」

徹は乳房を包む黒いブラジャーに目を細めた。乳首を透かせるほど繊細なレースと小花の刺繍があしらわれた、高級感溢れるものだ。

愛でるように肌を撫でた手が、ふっくらと乳房を包んでくる。

「んんっ……」

五本の指が脂肪に沈み込んだ。手のひらからじんわりと熱が伝わってくる。

「ん？　逢わない間にデカくなったんじゃないのか？」

やわやわと揉みほぐしながら徹は目を光らせた。

「そんな……変わらないわよ」

「そうかな」

手は触診でもするような丹念さで揉み込んでくる。裾野からぐっと丸みをわし摑んでは餅のように捏ね上げ、力をこめるにつれ、噴き出した汗が互いの肌をしっとりと密着させた。

「感度が良くなったな、ほら、もう乳首が勃ってきた」

ニヤけながら徹はひときわ強く乳房に指を沈み込ませた。まるで俺が開発した体だと言わんばかりに。

「ンッ……アアンッ」

先ほどよりもいっそう湿り気を帯びた徹の息が、乳肌にかかった。揉みしだかれるまま脂肪はたわみ、乳首が痛いほど尖りきっていた。充実した膨らみや、繊維と肌の感触を愉しむような蠢きは、羞恥と背中合わせにある悦楽に困惑する亜希子の身の底をいっそうざわめかせた。

ブラが引き上げられた。ぷるんとせり出した乳房が冷気に晒される。

「この胸、好きなんだよな。形もいいし、すぐに乳首が勃つんだ。ほら」

身を屈めた徹が先端を口に含んだ。

「アアッ……」

チロチロとねぶる舌先に、亜希子の体は軽く痙攣した。根元から掘り起こすように上下左右に弾く舌先が、背筋にいくども電流を走らせた。

両乳を絞り上げられた状態で、先端を吸われては唾液がねっとりとまぶされていく。

「アアンッ……ハアッ」

甘噛みされた乳首は口内でさらに鋭くしこり、蠢く舌先と乳肌に食い込む指に、恥ずかしいほどの媚声が漏れ出てしまう。亜希子は喘ぎを抑えようと、口許に手の甲を押し当てた。それでも耐えきれないときは指を噛んだ。はしたない声を我慢すれば我慢するほど、甘美な痺れが陶然と身を包んでいく。

徹の右手がくびれを伝い、スカートのホックをまさぐり始める。ホックをおろすと、スカートを脱がしにかかった。亜希子が軽く尻を浮かせると、さっと足元から抜き去られた。

「いい眺めだ。すごくいやらしいよ」

爛々と輝いた双眸《そうぼう》が全身を舐めるように見おろしていた。

上半身は乳房剝きだしのジャケット姿、下肢はストッキングとサイドを細いリボンで結んだ黒いハイレグパンティという姿を想像した。徹のサディスティックな好色さが、いっそう亜希子の体を淫猥に彩っていく。

足元にさがった徹の手が太腿を広げた。盛り上がった恥丘に鼻先が押し当てられた。

「アアッ……」

パンティごしの匂いをくんくんと嗅がれ、亜希子は身をよじった。

「ああ、亜希子の匂いがする……」

「クッ……や、やっぱりシャワーを浴びさせて……」

亜希子は腿をM字に割り広げられたまま、両手で必死に徹の頭を押さえつけた。甘酸っぱいメスの匂いを嗅がれるほど屈辱的なことはない。

女ならきれいな体を愛されたい。

「お……お願い」

亜希子は必死に両手で制止した。だが、顔は遠のくどころか、さらに圧をかけて鼻を食い込ませてくる。鼻だけではない。口元や顎を押しつけながらぐいぐいと刺激してくる。

「アアンッ……徹……お願いよ」

意志とは裏腹に秘園は熱い潤みを湧きだしていた。圧迫する繊維から突き抜けた発情の匂いが一瞬、亜希子の嗅覚にも触れた気がした。

いつもならシャワーを浴びさせてくれる徹だった。雰囲気に流されてしまった自分に後悔しても後の祭りだ。

「ねえ、シャワーを……」

そう言いかけたとき、

ビリッ、ビリビリビリッ――！

中央に食い込んだ指が爪を立て、ストッキングを破いてきた。身を立てる間もなく、中心に開けられた小孔は一気に左右に引き裂かれ、極薄のナイロンにいくすじもの裂け目が走っていた。

「アッ……アアアッ」

白い太腿があらわになった。脆弱な一方、生地の密閉性は極めて高い。籠った匂いが一気に解放され、徹の鼻先にツンとした匂いがゆらいでいる。なんとか太腿を閉じようと抵抗するが、徹はさらに力を込めた手で股間を広げ、大きく息を吸った。

「クウッ……だめ」

「だめじゃないだろう、ここは悦んでるよ」

鼻先はクリトリスをつつく勢いで食い込んできた。スースー、ハアハアと呼吸のたび、熱い吐息が粘膜を炙ってくる。

「あっ……ああ」

薄布一枚に護られた女園は、羞恥と快感の狭間でヒクヒクと悲鳴をあげていた。噴き出した蜜液をすっかり吸収した生地がヒタ……と貼りつく。と、不快に思う間もなく、今度はパンティの中心部にズブリと指が食い込んできた。

「クッ……」

柔らかく蜜液に濡れたその場所は、呆気ないほど深く指を沈み込ませた。

「びしょヌレだ……感じやすい体になったな。逢えない間、俺の贈ったオモチャで慰めてたんだろう」

問い詰めるように動く指が柔肉を擦ってくる。

「どうなんだ？」

指が暴虐的に蠢いた。女汁を吸いつくしたパンティは、指の動きに忠実に粘膜を弄りたてた。濡れ溝を上下になぞっては二枚の花びらを捏ね、ツンと尖ったクリトリスを転がしてくる。

「くうっ、ああっ……」

指の玩弄を受けるたび、亜希子の体はビクビクと跳ね上がり、太腿が小刻みに痙攣した。

「キャビンでは澄ましてるくせに、あのローターをここに挿れてヨガってるんだろう」

徹はなおも執拗に秘口に指を突き立てた。

「言わないと、ここでやめるよ」

めり込ませていた指が呆気なく離される。中途半端な快楽を与えられた亜希子の身に降りかかってきたのは落胆という言葉だった。

「やっ、やめないで……」

咄嗟にそう叫んでいた。

「じゃあ、ちゃんと言って」

指は再び秘園をなぞりあげた。

「言わなきゃここでやめるぞ」

クリトリスがピンッと弾かれた。

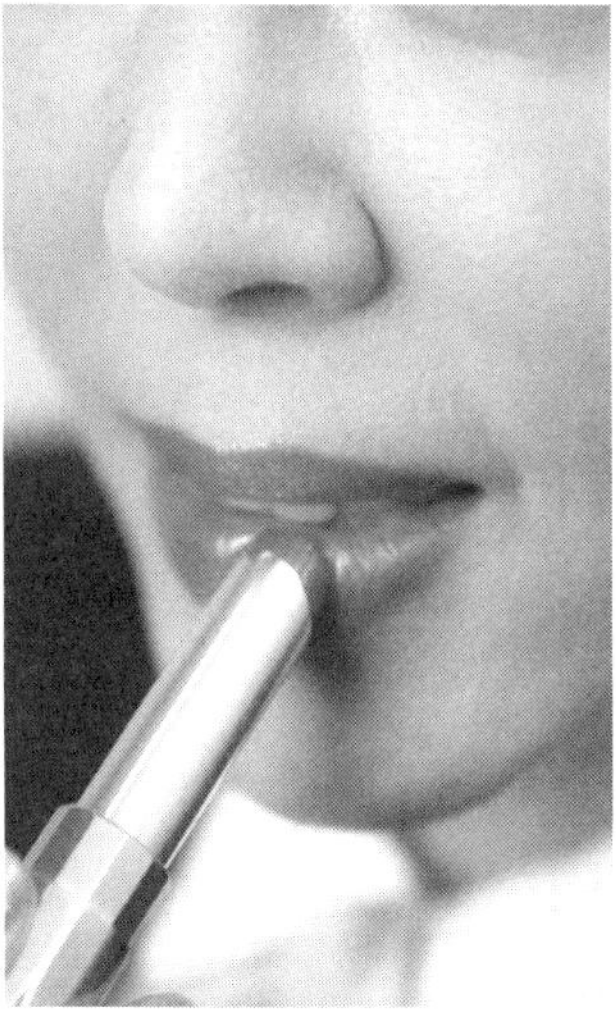

「クッ……」

亜希子は涙目で徹を見つめた。

興奮に嬉々とする双眸《そうぼう》が、亜希子の答えを待っていた。

「……使ってたわ……徹に抱かれることを想像しながら……何度も、何度も……」

「どんなことを想像してたんだ？」

「……バックから突かれたり……徹のものをしゃぶったり……」

「ものってなんだよ」

亜希子の困る顔を、徹は愉快そうに覗き込んだ。

「……わかるでしょう？　もうこれ以上言わせないで……」

「はっきり言えよ」

「いや……」

「言わないと……わかるよな」

徹は指の動きを止めた。

「あっ、言うわ……だからやめないで……徹の……チ、チ×ポよ……」

とぎれとぎれに言った。耳まで真っ赤になるのがわかった。

満足いく返答を得られたのか、指は再び恥部にあてがわれ、縦すじをサワリサワリと撫で始めた。濡れ生地がひんやりと張りつくが、湧き出る蜜汁がすぐさま熱く温度を高めていく。亜希子の体も欲望の際《きわ》へと押し上げられていく。いつもならこれほど焦らされることはない。屈辱めいた行為も言葉もない。制服に身を包む亜希子の姿が、徹の奥に眠る本性を炙り出したのだろうか。

どちらにせよ、ここまで来たらもう焦らされるのは地獄だった。引き裂かれたストッキングの奥では、花蜜が内腿を濡らしている。熱い滴りは泥濘をヒクつかせ、脈を刻む肉マメはわずかな空気の震えにも敏感に反応した。

「お願い……欲しいの……」

もどかしげに尻を揺すった。秘唇は男の熱い舌先を求めていた。

「ね……お願い……」

だが、徹は無言でパンティの前部分を摘まみあげ、Tフロント状にした。そのまま持ち上げると、生地が割れ目にギュッと食い込んだ。

「ンンンッ……」

徹の手がリズミカルにぐいぐいと上下する。

そのたびに濡れた繊維が粘膜をこすり、苛烈な圧をかけてくる。

「アアッ……そんな……」

「いい眺めだよ。ビラビラが両脇からハミ出してる」

亜希子は想像した。自分の逆立つ恥毛と、肉色の粘膜があらわになる様を。粘膜がよじれ、クリトリスが痛いほど擦られる。下肢を震わせながら、この露悪的ともいえる行為に身を委ねていた。

「すごい、ますます濡れてきた……なあ、こんなふうに制服で辱《はずかし》められることも想像して慰めてたのか？」

食い込む力が強まり、クリトリスが潰れるほどの痛みが走る。

「え……ええ……徹に……制服のまま抱かれるの……何度も想像したわ……こんなふうに恥ずかしいことといっぱいされて……アアンッ……だから、お願い……」

直後、食い込んだパンティが横にずらされた。

「くっ……」

新鮮で硬質な冷気が秘部を撫でてくる。

「見えるよ……亜希子のマ×コ……ぐっしょり濡れてヒクヒクしてる。ヒルみたいに膨らんでるよ」

生温かな吐息がかかる。倒錯的な戯れの中、溢れた蜜が音もなく太腿を伝っていく。

次の瞬間、分厚い舌がベロリと秘唇を舐め上げた。

「アアッ……アアアッ……ァンンッ」

悪寒めいた快感が背筋を突き抜ける。同時に、痺れる電流の戦慄が子宮へと降りてきた。亜希子は切なく声を絞り上げながら、大きく身をよじっていた。徹の頭がさらに股間へと潜り込む。両手で太腿を抱え込み、濡れ溝に沿って丹念に蠢く舌先がクリトリスを転がした。

「んっ……ッハア……ッ」

ぴちゃぴちゃと蜜汁を啜られる音が聞こえてくる。

女の口に密着させた唇と舌が、膣ヒダをすべり、吸い上げては嚥下していく。

全身が粟立つほどの快感が背筋に這い上がり、脳裏に薄膜がかかっていく。ネロリネロリとたて続けに舐め上げられ、執拗にクリトリスを吸い転がされるころには、混濁した意識の中、自ら腰を押しつけていた。

それに合わせて硬く尖らせた舌がずぶりと穿ってくる。
二、三度、浅瀬を掻き混ぜては、ズブリと奥深くまで突き刺さる。数回繰り返されれば、汗みずくの体がもう限界を告げていた。総身は何度も波打ち、四肢の隅々まで熱い痺れが襲ってくる。

苦しげに眼を見開けば、蜜まみれの顔が太腿のあわいで上下左右に蠢いていた。

「クッ……徹、もう……許して……」

その声に、徹は素早く下着を脱ぎ、亜希子のパンティ脇のリボンを解き、サッと抜き取った。

徹がベッド脇に立った。

筋肉の隆起した腕が、制服姿の亜希子の膝裏を抱えグッと引き寄せる。薄闇の下、臍を打たんばかりにそそり立つペニスが、亜希子の胸奥を妖しくときめかせた。

「挿《い》れるよ……」

根元を支え、角度をつけた先端が、引き裂かれたストッキングのワレメにあてがわれた。熱い亀頭が押し当てられた瞬間、亜希子は挿入直前のあの得も言われぬ恍惚感に、全身をそそけ立ててしまう。

徹は一気に腰を入れた。

「あっあぁあああっ……！」

体が弓なりにのけ反った。身を引き裂くほどにめり込んだ肉棒は、亜希子の潤沢な蜜液をまとわりつかせたまま膣奥深くまで真っ直ぐに貫いた。

「クウッ……」

徹も低く唸る。根元までずっぽりと埋めた状態で、しばらくは動かなかった。寸分の隙もなくピタリと嵌《は》まった性器は、呼吸の振動さえも敏感に感じ取り、泣きたいほどの愉悦を運んでくる。

「きつい……食いちぎられそうなほど締まってるよ」

長々と息を吐いた拍子に、割れた腹筋が大きくうねる。亜希子のひかがみを抱いた手は、密着した体をさらに強く引き寄せ、結合を深めた。濡れた性毛が絡み、粘膜がグチュリと音を立てた。

ゆっくりと抽送が始まった。次第に強まる抜き差しは、濡れそぼる内部を縦横無尽に穿ち、亜希子を淫らなＣＡへと変貌させた。グチュリ、グチュリと響く打《ちょう》擲《ちゃく》音が甘い毒のように全身に染みわたっていく。

「ンッ……奥まできてる……アアアンッ」

亜希子は漏れ出る喘ぎをもう抑えはしなかった。欲情を隠さない男の前では、女も我を忘れて乱れることができる。

ズチュッ、グチュチュッ――!

「ああっ、いいッ!」

貫かれるたび、はだけたブラウスのあわいから双乳が揺れていた。ぷるんぷるんと丸い脂肪が弾んでいる。打ち込みの衝撃で、制帽が取れそうになるのを必死に押さえた。湿った喘ぎは、やがて歓喜の悲鳴へと変わっていた。

大きく破れたストッキングの裂け目からペニスが行き来している。ズブズブと穿たれる肉の悦びに打ち震えながら、亜希子の足は蛇のように徹の体に巻きついた。さらに深まった結合が、キャビンで冷静さと品格を求められる亜希子の体を芯から焼き焦がした。

結合部から滴る蜜液がストッキングに染みていく。ひんやりと張り付く繊維も、とめどなく溢れる淫蜜の勢いには追いつかず、さらに火照りを増していた。

「なあ、お願いがあるんだ」

徹は腰づかいをスローダウンさせた。

「な……なに……?」

「このまま、機内アナウンスしてくれないか?」

「えっ――」

一瞬、何を言われているのかわからなかった。落ちかかる制帽に片手を置いたまま、言葉の意味を理解するまで数秒を要した。

「このままで……？」

「ああ」

言うべきこと言い切った安堵からか、打ち込みが再び回復していく。

「アアンッ、待って……いきなりだなんて……アアアッ」

そう言いながらも、脳内ではアナウンスマニュアルの記憶のページをめくっていた。呼吸を整え、発声の体勢へともっていく。

「な、なんのアナウンスがいいの……？」

亜希子が脚を絡めながら言った。

「何だっていいよ。早くやってみせて」

貫かれるままにずり上がった体が、再び引き寄せられる。

「俺、それが夢だったんだよ」

噴き出しそうになったが、そんなことでは自分の欲望はとめられない。奥深くで徹のものを食らい込んだまま、亜希子は声の調子を整えた。

「クウウッ……み、皆さま……」

すかさず膣奥にペニスが叩き込まれた。

「ヒイッ……アアッ」

「続けて。どんなに苦しくてもやめるな」

徹は亜希子の脚をほどき、M字に開かれた脚を抱えこんだ。いくぶんか冷徹に放つその姿はいつもの徹ではなかった。静かだが凄みを効かせた声に、亜希子は熱い吐息を吐きながらアナウンスを続ける。

「み……皆さま、本日もご搭乗……まことにありがとうございます。こ、この飛行機は……一〇〇三便、釧路空港行きでございます……」

ズブリ――！

「アアアンッ……当便の機長は……山田《やまだ》、ックゥゥ……客室のチーフは志摩でございます……徹、お願い……もう十分でしょう？」

「だめだ、ちゃんとやらないとこっちもやめるぞ」

性器をつなげたまま、しかも半裸になった制服姿で機内アナウンスをさせられる滑稽ともいえる状況に、激しいに羞恥に包まれた。だが、当の徹は許してはくれない。本人はいたって本気らしく、打ち込みはとたんにストップした。深く鋭く膣ヒダをえぐっていた肉棒が徐々に引き抜かれていく。

「わかったわ、だから……やめないで」

残酷とも言えるプレイに思わず顔を背けた。恥ずかしさにまともに顔を見ることなどできない。それでも要求に応えなければ――。応じさえすれば、欲するだけの快楽が得られる。

「お席の……お席のベルトは上空に行き、べ……ベルトのサインが消えますまでしっかりと……しっかりとお締めください」

グジュッ、……グジュッ……ニュチュッ
「ウウクッ……み、皆さま……当機はまもなく……まもなく離陸します」

尻が浮いたと思ったら、両脚が肩に担がれていた。角度を変えたペニスが子宮口付近に暴虐的にめり込んだ。

「まだまだだ」

勢いづいた徹は渾身の乱打を穿ってくる。熱い雄肉が何度も往復し、そのたび亜希子は倒錯的な恥戯に不思議と身を焦がしてしまう。

体は不思議なものだ。口許からは条件反射のようにアナウンスを発し続けていた。

「と、当機は……気流のため……ンンンッ、少々揺れております……ッハアッ……なお、揺れに際しましては……飛行上、まったく問題ございませんので……ご安心ください」

ズンッ、ズンッ、ズンッ——！

「アアッ……！」

結合部は途方もないほど蜜液に濡れ、熱を籠らせていた。ただれた女の坩堝《るつぼ》が物欲しげに食い締めている。穿たれるたびに奥底に眠っていた野生の本能が目覚める気がした。衝動に突き動かされたような身勝手とも取れる徹の行為は、これまではまったく見られなかったものだ。

エラの張った凶器が火柱のごとく燃え盛り、欲情の証を刻み込んでくる。抱えられた肩の上では真っ直ぐに伸びた脚が、小刻みに痙攣していた。不思議な思いに包まれながら、それでも亜希子は命令に背くことのない使命感にとらわれていた。

「次は、ほら、あれやってくれよ。緊急装備のやつ」

暗闇でもわかるほどに上気させた徹の眼がひときわ鋭い眼光を放つ。

緊急装備……？　ああ、離陸前の安全のアナウンスだ。

救命胴衣、酸素マスク、衝撃防止の姿勢……ええと、それから……。

突かれるごとに揺れ弾む乳房を感じながら、思いつくままに言葉を放った。

「きゅ、救命胴衣は……お席の下にございま……ンンンッ……着用の際は頭からかぶってくださいい……アアンッ、前の引手を……アアアアンンッ……強く、強く下に引きますと膨らみます……膨らみが足りない場合は両方の管から息を吹き込んでくださいッ……ハアアアアッ」

一気に言い切った。

「酸素……マスクは……ッハア、上の棚に入っており……必要な際は……じ、自動的に落ちてまいります。手……手近のマスクを……ンンンッ、鼻と口に当て、ゴムバンドを頭にかけて……くだ……さ……アアァアアンン……バ、バン……ドの……端を……ヒイッ……引いて……長さを調節……して……くだ……さ……い……」

半ば半狂乱に放った声音に呼応するように、徹の突き上げも荒々しくなる。すでに絶頂は迫っていた。肉がそげ、粘膜が引き攣れた。ＣＡの姿でアナウンスを命じられ、それでもなお欲しがる自分の淫乱さが信じられない。

「アンッ……もう……イキそう」

「おお、俺もイクぞ」

向う脛を抱えたまま、徹が腰を振り立てた。

「アンッ、ウウッ……」

身が割り裂かれるような、怒濤の連打が膣奥に見舞われる。

「おおぅ……おおおぅぅッ、出るぞ」

絶頂の瞬間、すべての思考が断絶された。どこかに投げ出されたような浮遊感に包まれたまま、亜希子の体はアクメの境地にのぼりつめた。猛然と律動を繰り返していた徹は素早くペニスを抜いた。

「おおおぅぅ……ううっ」

身を乗り出した徹は、亜希子の胸元に白濁液をしぶかせた。

第六章　大空の絶頂

1

「志摩さん、聞いてますか？」

険《けん》を孕んだパーサーの声に、亜希子は我に返った。

「心ここにあらずって感じね。仕事する気がないのなら、スタンバイに代わってもらうけど」

「も、申しわけありません、大丈夫です」

慌ててバインダーとボールペンを持ち直し、姿勢を正した亜希子に、ＣＡ七名の視線がいっせいに突き刺さる。

今はフライト前のブリーフィング中。飛行ルートやサービス内容、乗客に関する情報を確認する重要な時間だ。同じフロアには、フライトごとのＣＡたちがデスクを囲み、ミーティングや反省会をしている。

「いやねえ、うっとりした顔しちゃって。彼氏のことでも考えていたのかしら」

亜希子はみるみる顔が赤らむのがわかった。いやみったらしく言うのは四十路を過ぎたベテランパーサーの太田秀美《おおたひでみ》だ。口元は笑みを作っているものの、きつめのアイラインを引いた目が憮然としている。

「い、いえ……そんなこと」

「しっかりしてくださいね。いくら、羽田―鹿児島往復だけの楽なフライトだからって、気を緩ませてはだめよ」

「そんな……楽だなんて」

「返事は、はい、でしょう」

「は、はいっ」

言われてみれば確かに比較的楽なフライトではあった。日帰りフライトでは、四度の離着陸、つまり二往復が最近のお決まりパターンだった。

「とにかく、私たちはサービス要員であるとともに保安要員でもあるんですから、生半可な気持ちで飛ばないように」

「はい……申しわけありません」

亜希子は制帽を載せた頭を低く下げた。

身を縮めながらも体の火照りは増す一方だった。先日体験した徹とのセックスがどうしても忘れられないのだ。今も脳裏にはあの夜のことがつぶさに刻まれている。

——制服のまま抱き締められた。ひざまずいてフェラチオをし、アソコを舐められて……引き裂かれたストッキングの孔から徹のモノが挿入された。そのうえ、貫かれたまま機内アナウンスまでさせられ、最後は制服に精液をかけられた。

——その倒錯じみた体験は数日たった今も、亜希子の体を妖しく疼かせる。

（だめ……今は仕事に集中しなくちゃ）

亜希子はインフォメーションを伝える秀美の言葉に意識を向けた。

「では二便目、鹿児島—羽田には特殊旅客[*5]が二名います。一人はプレグナント（妊婦）、もう一人はプリズナー。プリズナーには二名の護衛がつきます。座席は40Bなので志摩さんの担当ね。しっかりお願いしますよ」

「はい、わかりました」

亜希子は表情を引き締めた。

プリズナーというのは被疑者だ。一般客には知られていないが、逮捕された犯人、もしくは嫌疑のかかった人物が、私服警官同行のもと飛行機で移送されることは結構ある。

亜希子たちはパイロットたちとのミーティングを終えたのち、飛行機へと向かった。

2

初便を終え鹿児島空港に着いた。

すべての客を見送ると、CAたちは息つく暇もなく三十分ほどのステイタイム中に次便の準備をする。機内清掃の手伝い、新聞や毛布をたたみ直し、雑誌の整頓——やることは次々に溢れてくる。

化粧直しをするのもこの時間だ。口紅を塗り直したり、マウスウォッシュをしたり、化粧室で歯磨きをしたりと忙《せわ》しない。

「やあ、次もよろしくね」

いったん空港に降り、フライト報告に行っていた機長の石塚《いしづか》と副操縦士の小野《おの》が戻ってきた。CAたちは用意を済ませ前方に集まってきた。

「石塚キャプテン、お疲れさまです。お飲物は何にいたしましょう」

秀美はにっこりと笑みを向けた。パーサーは、離陸して安定飛行に入ったときに出す「お茶出し」のリクエストをこのタイミングで訊いておく。

亜希子に皮肉を言った顔とは別人のような変わりようだが、その気持ちもわからないではない。キャプテンの機嫌を損ねると、フライトに支障をきたすほどいじわるなパイロットもいるのだ。今日の石塚は陰湿ではないが、常々、若手CAたちの意識の低さに苦言を呈する者の一人だった。

「そうだな、濃いめのコーヒーと言いたいところだが、帰りはところどころ厚い雲があるから冷たい緑茶にしておこうか」

「かしこまりました。帰り便、揺れそうですか？」

「ああ、紀伊半島付近からずっと気流の状態が悪いんだ。サービスも手早くやって、ひどいときはＰＡ[*6]で連絡するから、その場合は君たちも着席するように」

「わかりました。小野さんはいかがいたします？」

「僕もキャプテンと同じで冷たい緑茶にします」

「はい、上空でお持ちいたしますね」

　ここでキャプテンが思わぬことを言った。

「例のプリズナー、どうやら汚職がらみらしいよ」

「えっ」

　ＣＡたちは皆、顔を見合わせた。被疑者の罪状がパイロットやＣＡたちに明かされることはまずない。どうやら話し好きの地上係員が、天候状況や飛行ルートの打ち合わせとともにうっかり洩らしてしまったらしい。

　キャプテンの話では、収賄《しゅうわい》事件で徳之島から移送された被疑者が、鹿児島を経由して羽田に向かうということだった。


「お疲れさまでございます」

　パーサーが一礼すると、亜希子たち後輩ＣＡも深く頭をさげた。キャビン内はものものしい空気に包まれる。手錠と腰ひもで厳重装備されたプリズナー、そして護衛の刑事二名がキャビンに入ってきたのだ。

　一行は、中年の私服警官二人が被疑者を挟み、亜希子の担当する後方へと歩いてくる。

通常、プリズナーは「先乗り・あと降り」の体制を取るため、一般客とは別に搭乗する。このときばかりは、制帽と白手袋で正装したCAたちに笑顔はない。「いらっしゃいませ」との声掛けもタブーだ。皆、神妙な面持ちで三名を迎える。

手錠をはめられ、うつむき加減で歩くスーツ姿の被疑者は、細身で長身の男だった。頬がこけ疲弊感は否めないが、ネクタイを締め、真一文字に結ばれた引き締まった口許からは、なるほど、独特の印象が窺える。

(あら……あの顔……どこかで……?)

亜希子はその青年の表情を見定めようと目を凝らした。自分のよく知る人物に似てる気がしたのだ。

(えっ……まさか……もしかして)

トクンと胸が鼓動した。

最後列までできた男は、両脇を刑事に挟まれる形で座席に座る。

被疑者の手先には毛布をかけ、手錠を隠す決まりとなっている。亜希子が「失礼します」と毛布を差し出したとき、彼はふっと顔を上げた。

「あ、亜希子……」

男は信じられないといった表情で亜希子を見た。亜希子も息を呑んだ。

大学時代、恋人だった南和也《みなみかずや》だったのだ。

3

二歳上の南和也とは、北海道にあるH大学のスキーサークルで知り合った。和也は当時三年生。亜希子の通うF女子短大は、キャンパスの近いH大のサークルに所属する生徒が多く、亜希子も友人に誘われて入会したのだ。

和也はH大生らしく頭脳明晰だったが、それにも増して明朗快活な人柄とあって先輩には可愛がられ、後輩には慕われていた。亜希子も同じ札幌出身ということもあって、出会ってすぐに親近感を抱いた。

約一年半付き合った。卒業と同時に亜希子はスカイアジアに就職が決まり上京。和也は地元選出の国会議員の秘書となった。遠距離恋愛が始まったが、忙しさにかまけて連絡が希薄になり、自然消滅してしまった。

しかし、十九歳で処女を捧げた和也には人一倍、愛おしさを感じていた。女はいつまでたっても、初めての男は忘れられずにいるのかもしれない。逢いたいという思いは薄れていたが、昔の恋人の成功を祈る気持ちは大いにあった。

（でも、なぜ和也さんが被疑者に——？）

あれこれと思いを巡らせている間に、一般客の搭乗が始まった。

「いらっしゃいませ」

「お手荷物は上の棚か、お足元にお入れください」

ＣＡたちはいつもどおりの笑顔で応対している。座席の案内とともに、高齢者や子供連れの乗客には、率先して手荷物収納の援助をする。幼児には絵本やノベルティの用意、乳幼児を抱いた母親には、おむつ替えができることやミルクが作れることも伝える。

「お客さま、ご懐妊でございますね」

前の席ではプレグナントと見られる大きなお腹の女性客に、後輩ＣＡが声をかけた。お腹に当てた毛布の上から座席ベルトを締める「妊婦ケア」をしている。快適で安全な空の旅をしてもらおうと全員懸命だ。亜希子も動揺を隠しながら笑みを作り、手荷物収納や新聞・週刊誌の配布をする。

そして、時おり和也に視線を移す。

苦虫を噛んだような険しい表情の刑事に挟まれ、和也は始終うつむいたままだ。そこだけ異様な空気を醸しているが、乗客たちは誰一人として、そこに被疑者がいることなど気づかない。

ドアが閉まり、離陸の準備が整った。

約三百人乗りの飛行機は、八割ほどの客で埋められている。

亜希子は最後部、化粧室前のジャンプシートに座り、シートベルトを締めた。

（和也さん……）

思いは和也のことで占められていた。

彼はいまどんな気持ちでいるのだろう。なぜこんなことになったのか——？

『皆さま、まもなく離陸いたします。お席のベルトをお確かめください』

離陸のアナウンスが入る。スピードを速めた機体は、亜希子の暗鬱な気持ちを煽るような轟音とともに飛び立った。

車輪が滑走路を離れふわりと浮遊する感覚とともに、体にGがかかる。

機外の風景が傾斜し、遠のいていく間にも、和也の顔がちらついていた。

本当に罪など犯したのだろうか、あんなに健全な心を持った彼が——。

十分ほどで水平飛行になりベルトのサインが消えると、ギャレーへと立った。

気流が乱れるという情報があったので、サービスは早めに行われるだろう。ポットに日本茶やコーヒーを注ぎ、紙コップやおしぼりをセットする。

インターフォンが鳴った。壁にかかったハンドセットを取ると、前方パーサーからの連絡事項だ。

「コックピットから連絡があって、思ったより早く揺れが来るそうよ。お飲物のサービスはカートではなくトレイでさっと配りましょう。飲み物事故を考慮して、なるべく冷たい飲み物をおすすめして」

「はい、わかりました」

エプロンに着替えた亜希子は、トレイに紙コップを並べ、冷たいウーロン茶やジュースを注ぐ。後方にいる四人のＣＡも迅速に業務をこなしていく。そのとき、隣にいたＣＡがこっそり耳打ちしてきた。

「先輩、もしかしてあのプリズナー、お知り合いなんですか？」

「えっ」

「だって……ボーディングのとき『亜希子』って……」

紙コップに飲み物を注ぐ後輩は、控えめさを装いつつ興味津々な様子だ。

「いいえ、知らないわ。私のネームプレートを見てたまたまそう言ったんじゃない？」

「そうですか……失礼しました」

彼女は釈然としない面持ちで口をつぐむ。

「はい、準備完了。私は左右後ろ五列にお配りするから、あとはよろしくね」

後輩たちをキャビンへと送り出した。亜希子もドリンクを載せたトレイを持ってキャビンに出る。

客と相対するように中腰になると、指示どおり、まずは冷たい物をすすめた。皆、幸いにもトレイ上にあるものを選んでくれる。

サービスは時間との勝負、ありがたいことだ。

ドリンクサービスは、当然被疑者や刑事たちにも同じように行われる。

毛布の下で手錠を外された和也は、刑事とともにウーロン茶を飲んでいた。

手錠を外される瞬間のいたたまれない表情を目の当たりにし、亜希子の胸は激しく痛んだ。

担当ポジションを配り終えると、キャビン中央に出ていたCA三名もぞくぞくと戻ってきた。

「亜希子先輩、L側（左側）終わりました」

「R側（右側）もOKです」

「お疲れさま、あとは私が片づけるわ。あなたたちは着席して、キャビンやお客さまに異常がないか、しっかり見ていて」

「はい、わかりました」

後輩たちはジャケットに着替え、各自席に戻った。

備品をすべて収納したのち外を眺めると、雲はだいぶ厚くなっていた。

亜希子も着替えを済ませ、ジャンプシートに着席する。ところどころ乱気流に見舞われ、そのたびに乗客の後頭部が風に吹かれる稲穂のように揺れている。

窓の外は真っ白な雲に覆われ、視界はゼロに近い。このあとまだ大きな揺れが来そう――そう思ったとき、

「あのう……」

刑事の一人が目の前に立った。後ろには和也もいる。

「化粧室、使ってもいいですか？　こいつ酔ったみたいで……」

見ると、和也が真っ青な顔をしている。

腰ひもと手錠は外せないらしく、手首から先を毛布に包んだままだ。

「大丈夫ですか？　どうぞお使いください。ただ、大きな揺れがあるかもしれませんので、充分お気をつけください。わたしも付き添いますので」

亜希子は立ち上がり化粧室のドアを開けた。

刑事が手錠を外したその瞬間だった。大きな衝撃があり、機体がぐらりと傾いた。

「あっ」

「危ない！」

「ひとまずお席にお座りください」

壁に手をつき足を踏ん張った。ベルトで固定していないと、最悪、天井に体を打ち、大けがをしてしまう。

そのとき、和也が亜希子の腕を摑んだ。

あっと思う間もなく化粧室のドアを開け、亜希子もろとも中に押し入った。

「こらっ、開けろッ！」

和也は内鍵を閉めた。機体がグラグラと揺れる中、外からは何度もドアが叩かれる。

「おいッ、開けろと言ってるんだ」

ドアは繰り返し鳴り響いたが、和也は押し黙ったまま動かない。個室には激しいノックの音、そしてエンジン音だけが響いていた。

機内には前方に二カ所、後方に四カ所の化粧室があるが、亜希子たちがいるのは最後方の最も広い個室だ。ただし広いと言っても大人二人がやっと立てるスペース。便座と洗面台が備わっており、洗面台の上には鏡が設えられている。

「亜希子……」

和也は怯えたように亜希子の体を抱き締めた。

懐かしい匂いが遠い記憶を呼び覚まし、空白だった九年もの時間を埋めていく。

「和也さん……」

すっぽりと抱き締められた胸の中、一瞬、泣きたいほどの懐かしさが込み上げてくる。だが、亜希子はとっさにその腕を振り払った。

負けじと和也の腕が再び回された。彼は被疑者である。CAとしての責任を考えると一刻も早く出なければ――。でも、話したいことも山ほどある。何よりも詳しい事情を訊きたい。しかしこの状況で何をどうすればいいのか――様々な思いをめぐらせながら、亜希子は必死に腕を振りほどこうと抵抗した。

「離して……いやっ、いやよ！」

「俺はやってない。信じてくれ！」

再びきつく抱擁される。

「わかったわ。信じる……信じるから手を放して」

亜希子の言葉に、和也はわずかに力を緩めた。自分を受け入れてくれたと思ったのか、和也の口から言葉が溢れてきた。

「亜希子も知ってるだろう。日本民政党の鶴田正則《つるたまさのり》、俺、鶴田の私設秘書なんだ」

鶴田正則は三代目、祖父は北海道の炭鉱王と称された実業家だった。

政界に転身し、大臣をいくつか経験した。父は祖父の地盤を引き継ぎ、大臣や日本民政党の幹事長や総務会長を経て引退、今の鶴田で三代続く政治一家だ。鶴田自身、その毛並の良さで将来を嘱望されている。今は国土開発省の副大臣をしている。

「鶴田は、北海道の公共工事に絡んだ汚職を追及されている」

亜希子もニュースで見聞きしていた。

北海道で新たな幹線道路の建設が計画され、スーパーゼネコンはもとより地元北海道の建設業者が鵜の目鷹の目の受注合戦を行っている。

鶴田が北海道地元の建設業者を、談合によってまとめたと報道されており、その際、多額の賄賂が建設業者から鶴田に贈られたのではないかと疑われているのだ。

鶴田は国土開発省の副大臣。北海道が地盤という地の利もあり、幹線道路建設の責任者である。建設業者から多額の金を受け取ったのなら、政治献金ではすまされない。収賄とみなされるのは当然だ。

「鶴田は俺が単独で建設業者と折衝していたことにしたがっているんだ。自分は知らなかった。すべて秘書がやったこと……。政治家の常套手段さ。警察や検察は外堀から埋めようとしている。つまり、秘書の俺を落とし、そのあと鶴田に迫ろうとしているんだ」

「……和也さんは不正を働いていないのね？」

亜希子は和也の目を見た。和也はその視線を受け止め唇を固く結んだのち、

「ああ、確かに建設業者と折衝はした。だが、すべては鶴田の命令だ。もちろん、一円たりとも金は受け取っていないさ」

「でも、鶴田さんの命令で建設業者と折衝したんでしょう」

「それは秘書の仕事さ。もう一度言う。おれは不正な金には手を染めていない」

和也は亜希子の両肩を強く摑んだ。

ガタン、グラグラッ——

再び機体が激しく揺れる。まるでジェットコースターが落下するような、浮遊感が二人を襲う。

『皆さま、ただ今気流の大変悪いところを通過中です。お席をお立ちになりませんようお願いいたします。なお、安全のため客室乗務員も着席させていただき

ます』

機長の石塚からアナウンスが入った。おそらく刑事も着席させられているだろう。このような場合、たとえ刑事であっても乗客の安全を最優先する決まりとなっている。

「和也さん、ここは危ないわ。お願いだから席に戻って」

そう言いかけたとき顎を摑まれた。不意に唇が重なってくる。

「ンンッ……」

亜希子はとっさに和也の胸を突いていた。信じられない気持ちでいっぱいだった。

「……いったい何考えてるのよ……」

唾液に濡れた唇を手の甲で拭いた。

黄色い照明を反射させた和也の目が、搭乗時とは異質の輝きを放っていた。しみじみと亜希子の顔を覗きこんだ和也は、

「九年ぶりだな……亜希子、きれいになったなあ……ＣＡ姿のお前とこんな場所で会うなんて」

再び手を伸ばしてくる。

「触らないで！」

肩口を摑もうとした手がビクンと手が震えた。

「私はこんな形で再会をするとは思ってなかった……」

悲痛な心情を吐露する亜希子に、徹はふっと思い出したように告げた。

「……なあ、覚えてるか？　初めてのとき……」

「えっ」

「スキー合宿のときだったよな。お前、『サークル内の規律を乱すから、付き合ってることは内緒にしてて』なんて言ってたから、他の男に言い寄られてさ……」

和也は思い出を手繰るように話した。

「そんなときだよな、お前と合宿先のホテルで結ばれたのは……あの日、悪天候で窓の外は猛吹雪だった。さっき見た空のように一面真っ白だったよ」

「こんなときに、なんなの……？」

「なあ、あれから何人の男に抱かれた？」

「……」

「言えよ、何人の男がこの体に触れたんだよ！」

「そんなこと訊いてる場合じゃないでしょ。とにかく今は戻って」

機体がますます大きく揺れる。再度、ドアが激しくノックされた。二人はハッと顔を見合わせたが、和也はドアを一瞥しただけで、すぐに亜希子をじっと見据えた。

「なんで俺たちダメになったんだ？　何度も連絡したのに、東京に行ったお前はいつも忙しくて、俺は無視されっぱなしだった」

「無視なんてしてないわ。朝から晩まで訓練で家には寝に帰るだけの生活だった。和也さんだって、私の電話にまともに出てくれたためしがないじゃない」

「俺だって秘書見習いで必死だった。傲慢極まりない政治家たちに加え、党内には派閥争いや足の引っ張り合い、敵か味方かわからない連中ばかりで毎日が勝負だったよ。そんな中、お前の存在だけが救いだった。お前は都会に出て面白おかしく過ごしてたかも知れないけど、残された方の気持ち、考えたことあんのかよ」

すがるような色彩の瞳から、一転、和也の目は憤怒に染まっていた。

「面白おかしくだなんて……でも和也さんだって私が電話してもいつも仕事、仕事で……」

亜希子は当時のすれ違いに口籠った。

確かに和也が言うように訓練だけが理由ではない。時間など作ろうと思えばいくらでも作れる。

都会の華やかな生活、洗練された人間たち、テレビや映画でしか見たことのなかったきらびやかな東京——和也とでは味わえなかった魅力がそこにはあった。

和也にとどまっていてはもったいないと、心のどこかで計算していた。

実際そうだった。合コンや食事会で知り合った年上の男性は話題も知識も豊富で、亜希子をお姫さまのように扱ってくれた。セックスのテクニックも、亜希子の快楽のポイントを探り当てるのも巧みだった。そんな生活を送っているうちに、いつしか和也は過去の男となった。連絡がきても、知らないふりをして過ごすことが増えた。

「これが憧れてたCAのカッコかよ」

亜希子の顔を見つめていた目がゆっくりと制服に注がれる。胸の膨らみ、腰のくびれ、ヒップにフィットしたタイトスカート——。

再び強くドアが叩かれた。

「開けろ！　ドアを開けろと言ってるんだ」

「お客さま、お座りください！　危険です」

ドアの向こうでCAたちが必死に着席を促している。

　が、和也の視線がもう亜希子から離れることはなかった。

「俺だけの亜希子だと思ってたのに」

　肩を摑まれた亜希子は、無理やり鏡の方へと向かされた。背後に立った和也の手が丸みある尻をぐっとわし摑んだ。

「あぁっ」

「ほら、自分の顔見てみろよ」

　激しく叩かれるドア音が響く中、手は肉を捏ねるように揉みしだく。ステンレスの洗面台に手を突いた亜希子は、必死に体をよじらせながらも鏡に映る自分の表情を凝視した。化粧が汗に滲み、目元に妖艶な影を落としている。

「目が物欲しそうに潤んでる。さぞスケベになったんだろうなあ」

　和也の目も血走っている。

「そのきれいな口で俺のものを美味そうにしゃぶっていたよな。お前のフェラチオは絶品だったよ」

「やめて……」

「処女だなんて思えないほど、お前は俺の言うとおり、丹念に咥えてくれたんだ」

「聞きたくない」

亜希子は鏡ごしの顔を涙目で睨んだ。大声を上げるのは憚《はばか》られた。プリズナーとの過去の関係が公になって困るのは亜希子だ。

とにかく、早くここから出なければ。

「和也さん……出ましょう。このままだとあなたの罪はもっと大きくなるかもしれないのよ」

「うるさい！」

スカートの裾を持った手は、そのまま乱暴にスカートをまくり上げた。悲鳴をあげる間もなく、パンティとストッキングが膝まで引き下ろされた。

「ヒッ……」

下着の圧迫から解放された尻が冷気に撫でられる。和也は左手でシンクの縁を摑んで体を支え、右手で剝き出しになった尻を揉み始めた。

（うそ……でしょう……）

掌は異様なほど熱かった。九年ぶりに触る亜希子の体の具合を確かめるように、ねちりねちりと双臀を這い回る。ひと揉みごとに和也の呼吸が高まり、圧迫の力も強まっていった。

亜希子は動くことができない。あまりに信じられない出来事が体を硬直させ、思考力を停止させた。ただただ鏡の自分と和也の顔を交互に眺めるばかり。

現実感の伴わない一連の出来事とどう対処していいのかわからぬまま、揺れる箱の中で震える呼吸を繰り返していた。

「女らしい体になったなあ……あのころはスリムなだけのモデルみたいな体型だったのに、尻もこんなに熟れやがって……」

肉に食い込んだ指先は谷間を伝い、淫裂をなぞり上げた。

「ああッ……」

ここで初めて、新鮮な空気が陰部までもを嬲っていたことに気がついた。前のめりになったことで、鏡の自分がぐんと近づいた。衝撃を嚙み殺す間もなく残酷な言葉が浴びせられる。

「困った顔しても所詮オンナだな、濡れてるじゃないか」

前側から回った手は繊毛を撫でつつ、花びらをめくりあげる。クリトリスを摘ままれると、弾かれたように体がビクンとのけ反った。

「クッ……違う……濡れてなんか――」

濡れてなんかいない――そう叫ぼうとしたとき、熱い塊が子宮から降りてきた。

ああ、いや……閉じあわせた太腿の内側を蜜がひとすじ垂れていく。ショックと屈辱に亜希子は顔を歪ませた。一瞬、徹の顔が浮かんだ。こんな状況にもかかわらず、秘唇を潤す蜜は卑劣な指を歓迎するように溢れていく。いやいやと揺すって抵抗するも、本気の抵抗になっていないことがさらに絶望を増幅させた。

ノックは続いている。

やがて女の秘口に突き立てた指は、前側からズブリと膣道を貫いた。

「ヒッ……」

粘膜をこじ開けられる感覚がヌルリと内奥まで届いた。第二関節を折り曲げた指が粘膜を攪拌し、Gスポットをこすりあげてくる
「膣内《なか》もたっぷり濡れてるぞ」

和也は指をうずめながら、勝ち誇ったように首筋に唇を押し当てた。

クチュクチュと膣奥を掻き混ぜられる。

「ああ、いや……」

問い詰めるように指が圧迫を強めた。鏡ごしに汗を滲ませる二人の顔を照明が照らしている。あの彼にこんなサディスティックな一面があったなんて。

だが、現実は無情だった。

恥辱に引き攣る顔を見ながら、亜希子は嫌悪の下に潜むほのかな期待に目の下

を紅潮させている自分に気づいた。

「やめて……」

「お、締まってきたぞ。お前は無理やりやられた方が感じるタチだったよな」

「そんな……」

「自分で気づかなかったのか、ほら」

嬉々として暴虐的に動いた指を、肉ヒダがキュッと締めつけていく。下腹から這い上がる快美感が、亜希子の内腿にもうひとすじ熱いヌメリを滴らせていた。エンジン音がなければ確実に響いているであろう淫らな水音を、亜希子は絶望まじりに夢想した。

「ほうら、わかっただろう？」

啞然とした。気の遠くなるような時間の流れのうちに、自分の体は変わってしまったのか。

（だめ……今はフライト中……）

心とは裏腹に、得も言われぬ痺れが背筋を這い上がっていく。

獣じみた匂いが狭い個室に充満して亜希子は思わず顔をしかめた。

和也は体を密着させ、抜き差しを始めた。鉤の字に折り曲げられた中指が、膣の奥深くまでえぐってくる。

「んっ、んんっ」

亜希子は両腕を突いたまま、この時間を耐え抜こうとしていた。いや、耐えるという言葉は適切ではない。穿たれる膣の中の肉ヒダが蕩けるほどに、熱い涙を流している。

左右にくねらせた尻を追いながら、勃起が押しつけられた。ズボンごしに硬くそそり立つ屹立のせいで、総身がさらに熱く反応した。こんなはずではなかった――絶望と諦観に彩られた体にダメ押しをするがごとく、指は花びらを押し揉んでくる。

「ああっ……ああ」

のけ反った拍子に、白い喉元が鏡に映り込んだ。自分が逃れられない崖に立たされていることを改めて痛感し、敗北にも似た思いに包まれる。

もうダメ……。そう思った瞬間、クリトリスがひねり潰された。

「アァ……アアッ！」

亜希子はさらに大きく体を波打たせた。制服の下は粘つく汗が噴き出し、ブラウスが不快に張りついてくる。肉芽を剝かれるたびに、高々と尻を突き出してしまう。

「淫乱だな。そんなCAは、もっとこうしてやらなくちゃな」

指が引き抜かれた。ぽっかりと空いた秘口を硬質な空気が咎める。ガチャガチャとベルトを外す音が響き、剝きだしの尻丘に熱く鋭いものが押し当てられた。

「亜希子……わかるだろう？　昔、お前が悦んでしゃぶっていたものだよ」

亀頭がゆっくりと尻たぶをすべる。

「ああっ、やめて……お願い」

双臀を摑んだまま、和也は狙いを定めたように、女の泥濘に熱い漲りを叩き込んだ。

「おお……挿入《はい》った……」

「アッ、アアアッ」

感極まった口調で長いため息をつきながら、めりめりと沈めてくる。

「根元まで入ったぞ。おれが初めてここを貫いたんだよな、痛がるお前を抱いて、翌朝シーツが赤く染まってるのを見て、心底嬉しかったよ」

肉棒はさらに深々と貫いた。

亜希子は反射的に洗面台を握り締め、尻を突き出していた。

機体の揺れがますます激しくなった。その揺れに呼応するように、和也の打ち込みが鋭さを増す。片手でシンクを摑み、亜希子を抱き込みながら律動を速めた。

「お前はこうしてバックから責められるのが好きだったんだ――」

ジュボッ……ジュクッ……パパンッ！

引き攣れる粘膜の道を漲りが押し広げていく。幾度となく繰り返される抜き差しに膣ヒダは肉棒にまとわりつき、訳のわからぬまま、地の底まで引きずり込まれそうになってしまう。

「アアッ……お願い……許し……て」

ひとしきり打ち込みを浴びせられたのち、ジャケットとブラウスのボタンが外された。胸元から忍び込んだ手が、ブラを引き下げると、ぷるんと白い乳房がこぼれ出た。

亜希子は鏡ごしの和也に懇願した。にもかかわらず、筋張った手は残酷なほど強く乳丘をわし摑んだ。五本の指が乱暴に沈み込むさまが鏡に映し出されている。

揉みしだかれる肌はピンク色に染まり、乳首が哀れなほど尖り切っていた。

「バックから突かれて、乳首を摘まれると、お前は尻を振ってヨガり啼くんだ。ほら、もっといい声で啼いてみろ」

指は乳首を摘まみあげた。

「アアンッ、アアアンッ……！」

口許から喘ぎがほとばしった。快美な痺れが子宮に降り、とぎれとぎれの嬌声が個室に反響した。硬くしこった乳首を玩弄するように、ひねっては引っ張られ、強烈な圧で押し潰される。みるみるアソコが締まるのがわかった。

和也は片手で腰を支え、もう一方で乳首を潰したまま、渾身の打ち込みを浴びせてくる。腰が押し入れられるたび、卑猥な肉づれ音が響いた。体が大きく波打つが、もはやそれが機体の揺れなのか、和也の打ち込みなのか定かではない。

衝撃のたびに吐き出される呼吸が、鏡を白く曇らせた。

鏡に映る自分の凄艶な肌が、首に走る筋が、ほつれて頬に張りつく髪が、亜希子の心をとらえて離さない

「クウッ、ハウウッ……」

はだけたブラウスの隙間から二つの乳房が揺れている。

「すごいキツい。気持ちよすぎてイキそうだ」

えぐられるほどに激しく粘膜が打ち砕かれた。

「あっ……ああっ」

「……おおぉぅ！」

肉の拳を連打していた和也の腰が渾身の力で膣奥を貫いた。

「イクぞ、出すぞ――！」

「アアンッ……アァアンッ」

ああ……うそよ……イキそう……イヤアッ――！

尻肉をわし摑まれた。獣じみた咆哮《ほうこう》とともに、股間をぶつけた最奥で熱い飛沫が迸るのがわかった。

亜希子は大きくのけ反りながら、突き出した尻をガクガクと痙攣させた。


「申しわけありません……」

身なりを整えて化粧室から出ると、刑事やパーサーの秀美が険しい表情をして囲んでいる。分厚い雲を抜けたようで、揺れは落ちついていた。

「何度も何度もノックしたんですがね、どういうことですか」

刑事が睨んだ。

「志摩さん、ちゃんと説明なさい」

秀美も厳しい口調で問いただす。

「申しわけありません……お客さまのご気分が悪かったので……ずっと介抱していました」

そうは答えたものの、フライト後のミーティングで厳しく追及されることは明白だ。和也はいかにも今まで吐いていたような素振りを見せ、口許を押さえながら刑事の側に歩み寄った。

そのとき、着陸態勢に入ることを知らせるシートベルトのサインが点灯した。

「すみません、あと十分ほどで着陸いたしますので、ご着席いただけますか」

秀美が促すと、刑事らは訝《いぶか》しがりつつもその言葉に従う。

「志摩さん、あとでちゃんと説明してもらうわよ」

去り際、秀美が耳元で冷たく言い放った。

亜希子は気怠い体のままキャビンを確認し、着席した。床下から響くギアダウンの振動が、疲弊した心に重く伝わってくる。

体内に吐き出された和也の精液が、濡れたパンティにドロリと逆流したのがわかった。

第七章　盗撮の証拠

1

数日後、滅多に鳴ることのない部屋の内線電話が鳴った。

時刻は午後一時。フライトが休みの穏やかな午後だった。

「もしもし」

デニムとTシャツ姿で部屋の掃除をしていた亜希子が電話を取ると、

「志摩さん、面会の方がお見えです」

通話口から、野島のかすかに震えた声が返ってきた。

「面会……?」

「……警察の方です」

動揺を隠せない様子にあらかた察しはついた。

「わかりました、すぐ下に行きます」

受話器を置いた亜希子は深呼吸をした。予測していたことだ。覚悟と言ってもいいかもしれない。先日の和也についての事情聴取だろう。

私は事件に何もかかわっていない。必死に揺れに耐えながら、化粧室内で乗客を介抱していた――フライト後のミーティングでも、執拗に訊く秀美や客室乗務員室の部長にもそう答え続けた。

誰に訊かれても、はっきりそう言えばいい。


「お待たせしました」

一階の玄関ロビーに行くと、スーツを着た二名の男が立っていた。

二人とも背が高く、いかつい体型をしている。一人は分厚いレンズのメガネを掛けた白髪交じり、歳は五十代に入ったくらいだろうか。それに対し、もう一人は二十代後半の働きざかりだ。ベテラン刑事と血気盛んな若手刑事コンビといったところ。いかにも刑事ドラマのような二人を目にし、現実感が伴ってこない。

「志摩亜希子さんですね」

白髪の男は身分証を提示した。

『警視庁刑事部捜査第二課第二係主任・武藤《むとう》秀太郎《しゅうたろう》』とある。

「はい」

「南和也さんの件でお聞きしたいのですが。先日のフライト中、化粧室でアクシデントがあったそうですね」

訝しそうに訊ねる武藤に、亜希子は努めて冷静に微笑んだ。

「アクシデントといいますか……先日も刑事さんやパーサーにお答えしましたが、たまたまご気分を悪くしてトイレにいらしたタイミングに大きな揺れがきたもので、あわててトイレに入ったまでです」

だが、あまたのクレーム客を静めてきたCAならではの微笑みも警視庁のベテラン刑事には通用しないようだ。ニコリともせずに切り返された。

「でも、かなりの時間、化粧室内で二人きりだったとか」

「ええ、空酔で吐かれていましたから。かなりひどい様子でしたし」

ここで言葉を濁しては疑われる。亜希子は毅然と言った。

「なぜ鍵を開けなかったのですか？　刑事は何度も何度もドアをノックしたそう

ですが」

「はい、壁や天井に叩きつけられないよう、取っ手などに掴まることで精いっぱいでしたし……お客さまの身の安全を優先し、揺れが落ち着いてから鍵を解除しました」

「そうですか……揺れている際、彼はどんな様子でした？」

「とても苦しそうでした。便座に突っ伏したまま……。とにかく揺れがひどかったものですから……」

「彼から何か渡されませんでしたか？」

「何か……といいますと？」

武藤は若い刑事と顔を見合わせたのち、

「はっきり申し上げましょう。南和也は汚職事件を証明する書類のＵＳＢをどこかに隠し持っていたはずです。それを預かったりはしていませんか？」

「ＵＳＢ？　……パソコンに使う、あのＵＳＢ……ですか？」

「はい」

「いいえ、まったく知りませんが、彼が私に預けたと言ったのですか？」

「いいえ、あくまで私どもの憶測にすぎません。しかし、書類をコピーしたＵＳＢ

がどこかに存在することは間違いないのです」

「根拠はあるのですか？」

「あります」

「どんな根拠なのでしょう」

「それは捜査上の秘密です。ですが、我々は確かな見込みがあってあなたをお訪ねしたのです。ここは、一市民として警察の捜査にご協力願えませんか」

武藤はこのとき初めて表情を和らげた。口元を緩め笑顔を作っているようだが、目は鋭く凝らされ、有無を言わせない迫力に満ち溢れていた。刑事は自分を疑っている。絶対に逃すまいと思っているのだろう。

「……どうすればいいのでしょう」

もはや動揺を隠すことはできない。それでも、しっかりしろと自分を鼓舞し、

「これ以上、お話しすることはないのですが」

と、絞り出すように言った。

「お話はいいです。お部屋を見せてください」

武藤は作り笑顔を引っ込めた。背筋がぞくりとなる。

「お部屋に伺いたいんですが」

武藤に繰り返され、ようやく我に返った。

「今から部屋を……ですか？」

「なに、すぐにすみますよ。ご協力願えませんか」

「……急に部屋をご覧になるとおっしゃっても。散らかっていますし」

「それはかまいません」

武藤はかぶりを振る。

「私だって女です。刑事さん、おわかりいただけませんか。たとえ警察の方でも、女が見知らぬ男性を部屋に入れるなど簡単にはできません。せめて、片づけくらいさせていただけませんか」

亜希子はすがるような目を武藤に向けた。武藤は小さく首を横に振った。それまで武藤の横で黙ってやり取りを聞いていた若い刑事が、

「それでは意味がないんですよ。捜査にならないでしょう。片づけられては」

苛立ちをあらわにした。

「捜査って……私、何も悪い事なんかしてません。いくら警察だって、無理やり個人の部屋に入ることなんかできないのじゃありませんか。プライバシーの侵害です」

胸の鼓動が高鳴った。

若い刑事が眦《まなじり》を決したところで、武藤が一枚の紙を差し出した。

「捜査差し押さえ令状です。テレビドラマでご覧になったことあるでしょう。ドラマじゃ、捜査令状なんて言っていますがね」

つまり、法律上も亜希子の部屋を捜査することができるということだ。

断ろうか。いや、断ることなんかできるわけない。断ったところで刑事たちは強引に部屋に押し入るだろう。それを妨害したら——。

公務執行妨害で逮捕する。

亜希子は力なく答えた。

「わかりました。どうぞ」

亜希子は刑事たちを三階の自室へと招き入れた。野島もついてくる。

「どうぞ、好きに探してください」

なるようになれ。ローターの入ったポーチの方は、マッサージ器や美顔器と一緒の袋に移動した。万が一見つかっても、堂々としていればいい。

亜希子は成す術もなくドアの位置で捜査の模様を見守っていた。野島も亜希子の横で無言で見ている。

若い刑事はパソコンに強いのだろう。手際よくキーボードやマウスを操作し、パソコンに収納されたデータをチェックしている。武藤はクローゼットの衣類、下着までも調べているが、その表情には一片の好色さもない。極めて冷静に、事務的に書類を捲るような様子で捜査に当たっていた。若い刑事はパソコンをチェックし終わると、ドライバーを使い、机の下に潜り込んだ。

ＵＳＢは小指ほどだ。隠そうと思えば、コンセントの中にも潜ませることができる。さすがは警察。用意万端といったところだろう。

十五分ほど経っただろうか。若い刑事はテレビを調べ始めた。

「主任、ちょっと来てください」

彼は液晶の枠を外そうとしている。武藤は若い刑事を手伝い液晶画面を分解した。

二人は顔を見合わせた。

まさか、そんな所にＵＳＢが。そんなはずない——

亜希子は思わず抗議の声を上げそうになった。武藤が亜希子を振り返る。

「志摩さん、驚かないでくださいね。テレビに盗撮カメラがつけられてます」

「ええっ」

思いもかけない武藤の言葉に、驚きと戸惑いで動けずにいると、武藤が歩み寄って来た。

「ほら、これです」

刑事は薄い基盤のチップを取り出した。

「うそ……」

愕然とした。しばらく声をあげられず、目前に立つ刑事を焦点の定まらぬ目で見ていた。

「お、ここにもあった」

チェアに昇り、天井に据え付けられた火災警報器を調べていた若い刑事も声をあげる。

「これ、火災警報器型の盗撮器ですね。視野角六十二度。斜め下を撮影するものです」

「そんな……私の部屋、盗撮されていたんですか？」

「その可能性が高いです。盗撮となると、盗聴されている可能性もある。入念に調べさせてもらいますよ」

武藤は、近頃「ＣＡの寮盗撮」と称する動画がインターネット上で流されていると付け加えた。武藤と若い刑事のやり取りで、盗撮犯を担当するのは捜査第三課だとわかった。武藤は三課の連中に土産ができたとか、貸しができるとすっかりやる気になっている。

そんな刑事たちを前にぺたんと座り込む亜希子。

信じられない。プライバシーがすべて何者かによって晒されていたのだ。

着替えも、風呂あがりの裸身も、いや、オナニーだって——。

どうして……。

安全だと思ったから寮に入ったんじゃないの。

「の、野島さん……」

亜希子は横にいる野島にすがるような眼を向けた。この寮を守ろうと率先して防犯を呼びかけてくれた野島も、信じられない気持ちでいっぱいだろう。

だが、立ち尽くす野島の姿は、亜希子の望んだものではなかった。蒼ざめた彼の表情からは、驚きというより怯えに近いものが感じられた。

「思ったとおりだ、やはり盗聴器まで仕掛けられているぞ」

コンセント裏に仕掛けられた電子板を見せてくれた。

「タップ型だな。直接電気を供給してるから、半永久的に使えるものだ」

「……盗聴まで」

徹との会話も聞かれていたのだ。とても他人には聞かれたくない秘め事。誰にも知られたくない、自室という密室空間でこその痴態が盗み聞かれていたとは――。

羞恥心を通りこし、底知れぬ恐怖心が込み上げてくる。目の奥が真っ暗になり、刑事や野島の姿が霞んでいる。これは現実なのだろうか。夢であってほしい。夢なら早く覚めて。

そんな虚しい望みを武藤の言葉が楽々と打ち砕いた。

「志摩さん、これはれっきとした犯罪です。誰かに恨まれるような覚えはありませんか？」

「い、いいえ……恨まれるなんて」

亜希子は今にも泣きそうに顔を覆った。

「では、この部屋に自由に出入りできる人物に心当たりはありませんかね？　できればメカに強い人物とかで」

「この部屋に出入りが可能で、メカに強い人……？」

ハッと思った。その人物は――その人物は――。

この人以外ありえない――！

涙で濡れた瞳で横にいる野島を見上げると、顔中アブラ汗をかき、死んだ魚のような濁った視線とぶつかった。

野島の細い目を見ると蘇ってしまう空き巣被害――。

今、その理由がはっきりとわかった。

この目は空き巣同様、亜希子のプライバシーに忍び込み、蹂躙していたのだ。

「いやあぁあああああっ――!」

室内につんざくような亜希子の悲鳴が響き渡った。

2

一カ月が過ぎた。

指定された二十階の部屋をノックをすると、待ちかねたようにドアが開いた。

「遅いから心配したよ」

「ごめんなさい。警察の聴取が長引いて」

部屋の主の顔も見ずに、滑り込むように入室した。奥にあるテーブルまで歩いてから、やっと亜希子は顔を隠していたマスクを外す。

「ふうっ……」

大きく息を吐いた。

ここまで誰にも見られなかっただろうかと、もう一度頭の中で反芻してみる。

おそらく大丈夫だろう。めったに着ないフレアワンピースに伊達メガネ。自分が志摩亜希子だとわかる人物は、目の前に立つ彼しかいないはず。

「まったくおぞましい話だな。部屋が盗撮されてたんだって？」

ラフなシャツとデニム姿の和也は、グラスに注いだお茶を差し出した。それを受け取った亜希子は、気を落ち着かせるように、こくんと喉を潤す。

「ええ……信じられないわ……すべて見られてたなんて……」

窓辺に寄りぼんやりと眼下を眺める。高層ビルの谷間に人影が蟻のように蠢いている。

ここは西新宿にそびえたつ外資系ホテル――。

レースのカーテンの隙間から差す夕暮れの陽射しが、窓辺に置かれたテーブルとチェア、ベッドを照らしている。

あれから白ユリ寮は騒然となった。捜査員たちが各部屋を捜索したところ、十人もの部屋からカメラと盗聴器が発見されたのだ。ＣＡたちはパニックになり、泣き出す者、その日のうちに引っ越しを決める者も出た。すれ違う誰もが表情に驚愕を滲ませ、焦燥しきった顔をしていた。

野島は、盗撮カメラと盗聴器を仕掛けていたとの疑いで、住居侵入罪、迷惑防止条例違反で逮捕された。おそらく、わいせつ物頒布罪、窃盗罪も問われるだろう。

そして、里中邦子をレイプした犯人も野島との見方が濃厚になっている。ひと月過ぎても口を割らない彼は、いまだ厳しい取り調べを受けているはずだ。

（まさかこんなことになるなんて……）

和也との再会が思いもよらぬ事態を招いた。

ある意味、意外な方向から事件発覚、解決へと導いてくれたと言ってもいいが、真実を知ったＣＡたちに大きなトラウマを残したことは間違いない。もしかしたら知らないまま退職し、退寮して穏やかな人生を歩んだ方が幸せだったかもしれない。

そして、汚職事件の渦中にあった和也は、嫌疑不十分で釈放された。

今日こうして和也のもとに来られたのも、警察が和也をシロだと決定づけたからだ。

「亜希子……」

窓辺を見おろす亜希子の肩に大きな手が置かれた。

「制服姿もよかったけど、今日のベージュのワンピースも似合ってるよ」

機内とは一転して、穏やかな声が鼓膜に響いてきた。

「あなたは少し体重が戻ったみたいね……」

幾分かふっくらとした輪郭を眺めた。

「ああ、やっと肩の荷が下りたよ」

長い腕が回され、背後から抱き締められた。うなじに押し当てられた唇が肌をすべり、熱い吐息が耳に吹きかけられる。

「あんっ……」

痺れるような恍惚とともに、ひと月前の機内での情交が思い出された。熱い漲りがバックからズブズブと挿入ってきた瞬間——私は抗うことができなかった。子宮が疼いている。背徳と欲情のはざまで揺れる女心を見透かしたように、和也は亜希子を引き寄せた。

二人はもつれながらベッドに倒れ込んだ。首筋に唇を押しつけたまま、和也はふわりと広がったスカートの中へ手を忍び込ませた。

「ンッ……」

熱をこもらせた掌が太腿を撫で、ストッキングの上から恥丘をさすってくる。身をよじる亜希子の脳裏をよぎるのは、徹の顔だった。

(ああ、徹……)

そんなことなどおかまいなしに、指はレースのパンティごしの敏感な場所を刺激した。繊細なレースの凹凸がじりじりと柔肌に食い込んでくる。わずかな抵抗を見せつつも、蠢く指が快楽の場所に的確に当たるよう、亜希子は体を揺らめかせてしまう。

ァ……そこ……。和也は膨らんだ恥丘に手を置いたまま、中指で縦スジをなぞってくる。

指は次第に圧迫を強めてくる。肌色のストッキングをまとう脚がぴんと伸びて、なぞられるたび五本の指がハイヒールの中で中敷きを掻いていた。

「ああっ……」

コトリ――。

土踏まずをたわませた瞬間、ハイヒールが床の絨毯に落ちた。その音にビクンと肩を震わせる亜希子とは逆に、下着ごしの指は誇らしげに蠢いてくる。機内で抱かれたときとは違う、余裕ともとれる力強さが亜希子の体をいっそう昂ぶらせた。

「亜希子……」

和也はさらに粘膜に指を食い込ませた。蕩みのある蜜液がじんわりと溢れ、レースに染み入ってくる。

次第に潤いを増す秘裂を、和也の指がもてあそぶようにさすり続けた。

されるがままでいる亜希子の表情を見つめながら、指はじりじり、じりじりと追い詰めてくる。硬さを増した肉芽が圧迫されると、下腹から脊髄にかけて流れる甘やかな痺れに耐え切れず、悲鳴を嚙み殺す亜希子だった。

和也もわかっているのだ。一度火がつけば拒むことのできなくなる亜希子の体を。

厚みのある手がパンティの中へともぐり込んだ。

「んんっ……」

性毛を梳くように蠢く指先は、毛根と皮膚との狭間を掃くように撫でつけ、やがて充血した肉芽を直に押し揉んでくる。顔がカッとなった。鼓動に合わせ、クリトリスとこめかみがトクトクと脈打っている。甘く鳴らした鼻は、自分でも驚くほど媚を含んでいた。快楽を欲している気持ちは、和也にも伝わったらしい。

指は敏感な一点を何度も転がしてきた。

「……なあ、よりを戻さないか。戻せなかったら、時々こんなふうに逢うだけでいい。久しぶりに抱いた亜希子の体が忘れられないんだ」

「えっ……」

「亜希子だって感じていただろう……今だってこんなに——」

クリトリスをはじいていた指が湿った叢を掻き分け、女の泥濘へと伸びてくる。

と、亜希子は急に冷静さを取り戻した。

「待って……」

それ以上指が侵入しないよう太腿をすり寄せ、真っ直ぐに和也を見つめる。

「よりは戻せないわ……私には大切な人がいるの」

「……大切な人……？　じゃあ、なぜ俺を助けたんだ。いや、なぜあのとき俺を受け入れた……？」

「それは……」

初めは拒絶したが、体は否応なく反応してしまった。歯止めの効かない体は男のものを受け入れ、欲しがるままに絶頂を極めた。

でも——

私には大切な人がいる。

そう説明したところで、和也は理解してくれるだろうか。

亜希子は心を決めたように、すっと立ち上がった。

衣服のボタンを外し始める――自分でもよくわからないまま――だが、最後に抱かれたいという思いが血潮とともに駆け巡り、全身を流れていく――。

3

裸になると、和也の前にたたずんだ。

「見違えたよ。キレイだ……九年の間に、女の体はこんなに色っぽくなるものなのか」

窓を背にした亜希子の裸身を崇めるように、和也がベッドに座ったまま驚嘆する。

「いつまで見ていても見飽きない。まるでビーナスだ。素晴らしいよ亜希子……。護送中の飛行機でまさか亜希子と再会するなんて……。きっと、俺たちは深い絆で結ばれているんだよ」

先ほど言ったよりは戻せないという言葉の意味をどうとらえたのだろう、和也は賞賛を浴びせてくる。

「ええ……きっと深い縁があったと思うわ。だから――出会えてよかったと思える最後にして」

「最後……？」

瞳に戸惑いと哀切さを浮かべる和也に、亜希子は無言のままうなずいた。

そのまま和也の頭を胸の谷間に抱き寄せた。

「いまは何も訊かないで……」

乳房に顔をうずめた和也が大きく息を吸う。双頬を押しつけ、乳丘の弾力を味わうその姿には、九年前と変わらぬ無防備さがあった。

「ああ、亜希子の匂いだ……この柔らかさ、たまらないよ……」

餅でも捏ねるように双乳に指を沈み込ませたまま、硬くしこった先端が口に含まれた。

「あんっ……」

くちゅくちゅと口内で転がされる快美な刺激に、亜希子は立ったまま喉元をせり上げ、天井に向けて大きく息を吐いた。

（徹、ごめんなさい……これで最後だから）

心の中で徹に詫びた。いまにもよろめきそうな体を必死に奮い立たせ、浴びせられる愉悦を一身に受け止める。乳首から流れる微細な電流が、ひたひたと下腹へ降りてきた。

チュッ……ジュ……チュッ――。

乳首の下側からすくいあげるように、和也の舌が乳頭を吸いしゃぶる。

唾液にまみれる乳首を捏ねては、その温度も冷めやらぬうちに再び生温かな唾液が塗りこめられる。ときおり甘嚙みされる心地よさに、思わず赤子のように乳を吸う頭を掻き抱いた。吸引され、歯を立てられた肌は真っ赤に染まり、窓から差す陽を反射させていた。

かつて、まだ二人が恋人同士だったころ、こんなふうに愛された証がいつまでも残って欲しいと願ったものだ。愛する男が残す刻印が永遠であってほしいと――。

「ねえ……和也さん」

その言葉に和也の動きが一瞬停まった。

亜希子は片膝をあげ、ベッドの縁にかける。そのしぐさが何を意味するのかは、和也もわかっているだろう。

秘裂に手を伸ばした。細い指が粘膜に割り入った。

「ウ……」

手ごたえがあった。薄く小さなそれを亜希子の指が抜き取った。

愛液でコーティングされたそれが目の前に差し出されると、和也は目を輝かせた。

「恩にきるよ。亜希子」

和也がそれに手を伸ばした瞬間、亜希子はさっと握り締める。

「悪いけど、見せてもらったわ。この内容」

「えっ」

和也の顔が青ざめる。亜希子がこのＵＳＢの内容に興味を持たないと思っていたらしい。

あのときは無我夢中だった。和也は細工した靴底から抜き取ったＵＳＢを「とにかく自分を信じて預ってくれ」と押しつけてきた。

亜希子は断ることができず、預かった。

刑事たちの家宅捜索を受けたとき、見つかると覚悟した。携帯電話のストラップにしてごまかしていたのだが、見つかるのは時間の問題だと覚悟を決めていた。

だが、そこに思いもかけない盗聴、盗撮騒ぎが起きた。

彼らの注意は盗聴器と盗撮機の捜索に向けられた。

その隙にUSBを膣の中に隠したのである。

刑事たちが捜索を終えてから、USBのことがどうにも気になってパソコンで内容を見た。そこには、北海道の建設業者と鶴田正則の癒着を示す証拠があった。建設業者から鶴田へ贈られた金の受け渡し場所と日付、鶴田が便宜を図ることを約束した覚書等々。やはり、鶴田は収賄を行っていたのだ。

だが、そのこと自体は亜希子のショックを誘うものではなかった。予想できたことだ。飛行機のトイレで和也も鶴田に罪を背負わされると言っていた。

亜希子が驚いたのは、和也も建設業者から金をもらっていたことだ。

和也の字で切られた領収書。鶴田に贈られた金額とは二桁小さい金額だが、れっきとした裏金である。

但し書きに「鶴田議員への斡旋料」としてあった。

そうした領収書のPDFが十枚以上、つまり十社以上から金を受け取っていた。

和也が秘書という立場を利用して金儲けをしていたことは明白だ。

それに鶴田の名前で署名された覚書が一枚。来年の北海道道会議員選挙に和也を出馬させることを約束したものだった。

和也は北海道会議員の椅子欲しさに鶴田の汚職を手伝ったということだ。

あれほど自分を信じて欲しいと言ったのに、自分は絶対不正行為はしていないと言ったのに――。欺かれた、裏切られたという衝撃でしばらく口が利けなかった。

野島に盗撮、盗聴されていた恥辱と相まって、和也の犯罪は亜希子の胸を深々とえぐった。

「仕方なかったんだ。それが議員秘書ってもんだ」

「仕方ないなんて……」

亜希子は声を震わせた。

「そうさ。きれいごとばかりじゃないんだ」

「後ろめたいと思っているから、私に嘘をついたんでしょう。自分はやっていない、悪いのは鶴田議員だって自分をごまかしているんじゃないの」

「亜希子……」

和也は亜希子を抱き寄せようとした。亜希子はその手を振りほどいた。

「ああ、言い訳だよ。言い訳ついでに聞いてくれ。俺は鶴田先生の秘書になった。秘書になったのは、将来、自分も政治家になりたかったからだ。政治家になって、地元北海道や日本のために尽くす、そんな夢を描いていた。でもな、当たり前だけど、現実は厳しい。汚れ仕事もしないと鶴田先生からは認めてもらえないんだ。北海道の建設業者との折衝は俺にとっては正念場だった。あの仕事をうまくやり遂げれば、来年実施される北海道道会議員選挙に出馬させてくれると約束してくれた。まさにチャンスが巡ってきたんだ。道会議員を振り出しに、やがては中央政界に——」

和也は思わずといったように拳を握り締めた。

「政治家になる夢を利用されて、危うくトカゲの尻尾切りにされようとしていたのよ」

和也は何も言わない。思いつめたように言葉を呑んでいる。

「大学時代の和也さんはもっと純粋だったわ。そんなあなたが己が野心のために悪に染まろうとしているなんて……」

亜希子の頬に涙が伝った。

「君には政界の汚さ、厳しさは一生わからないだろうね。『清く正しく』なんてしない。青臭い男では浮かび上がれないんだよ」

「でも、和也さんには正しくあってほしい。たとえ、政治家になれなくても、一人の人間として罪を償ってほしいの……ねえ、自首して」

「……自首？　何をバカなこと言ってんだ」

「バカなことじゃないわ。今からでも遅くない――自首してほしいの。さっき、なぜ大切な人がいるのに俺を助けたかって訊いたわね。あなたに正しい人生を歩んでほしいと思ったからよ」

「よく考えてくれ。亜希子だってＵＳＢのことがあるから、無事ではすまないかもしれないんだぞ」

和也は意味ありげに見つめてくる。

「……平気。私だって罪を問われたら償うわ」

「そんなことになったらＣＡを辞めなきゃいけなくなる。ＣＡは亜希子の夢だったじゃないか。せっかく夢を実現させたのに。こんなことで……」

「かまわないわ」

その毅然とした口調に、和也が息を呑むのがわかった。

「お願い。私も一緒に償うから、自首して。じゃないとあなたは一生怯え続けながら生きるはめになるのよ」

和也はしばらく窓の外を見ながら考え込んでいた。陽射しはすっかり落ち、夜の闇が迫っていた。

重く、長い時間が過ぎた。

「……わかった」

深く吐息をついたあと、和也は何もかも諦めたように呟いた。

4

二人は裸のまま、ベッドで抱き合った。

心が落ち着いたせいか、懐かしい体臭が鼻孔に触れる。

息苦しいほどのキスを重ねたあと、和也の体が下方へおり、亜希子の太腿を割り裂いた。

「最後に……亜希子のここを……見せてくれないか」

和也に広げられるままに体の力を抜き、目を瞑る。内腿に添えた手が、ゆっくりと太腿を広げてくる。とめどなく溢れる蜜が淫裂を濡らすが、心はひどく神聖だった。もう二度と逢わないという思いが、亜希子を聖母のような気持ちにさせる。

広げられた太腿のあわいに吐息がかかった。女陰がヒクンと啼いた。

「全部見えるよ……亜希子の……」

「……んんっ」

「真っ赤に充血して膨らんでる……昔より肉厚でいやらしくなった……ああ、こんなに濡れて、甘酸っぱい香りがする……」

「いや……」

「この体を独占できる男が憎らしいよ」

「今は……言わないで……」

徹の顔が脳裏をかすめた。許して——そう何度も胸の中で詫びる自分がいた。ずるいのはわかっている。でも、今だけは許して……徹……。

情熱を秘めた熱い吐息が、二枚の花びらを震わせた。

ジュッ……チュチュッ——。

硬く尖らせた舌先が肉ビラに挿し込まれた。

「ああッ……」

膣肉を攪拌する揺らめきに、悦楽の電流が背筋を突き抜ける。徹よりもわずかに長いと感じる舌がヌラヌラとのたうち回る。こんな甘やかな舐め方だっただろうか——かつての記憶と比べ合わせながら、もたらされる快感には勝てず、四肢をガクガクと痙攣させ、折れそうなほどベッドカバーに爪を立てた。

されるがままの体が次第に上気し、艶を増していく。濡れ溝を丹念に舐めしゃぶられるごとに、呼吸が弾み、首にスジを浮き立たせた。

吸引した肉ビラをよじり合わされる快美。浅瀬を穿たれたまま、鼻先で剝かれたクリトリスを圧し揉まれるころには、徹の姿は消え去り、肉体に浴びせられる快楽のみに支配されていた。

「ァ……アア……いい……」

気が遠くなるほどの愛撫が浴びせられた。意識が朦朧となるも、体は否応なく反応してしまう。悩ましげに振り続ける腰はとどまることを知らない。

湧きだした花蜜は会陰から肛門にまで滴っていた。亜希子の下肢をM字に抱え上げた和也の舌は、そこをも舐め、一滴も逃すまいと淫汁を啜ってきた。

ピチャッ、ピチャッ――。

卑猥な水音とともに嚥下する音が聞こえてくる。残酷なほど優しく、それでいて甘美な荒々しさに満ちた口舌戯に、亜希子の意識は混濁していく。

「俺のも……昔みたいに咥えてくれるか」

「……ええ」

亜希子は体を起こした。甘い余韻に浸りながら和也の顔にまたがった。

視線の先には、カリの張りつめた赤黒い屹立がある。九年ぶりに目にする和也のものは、当時より黒々と艶めき、太い静脈をいくすじも浮き立たせていた。

「よく潤ってるよ。亜希子のここ……アナルの皺もきれいだ」

和也の手が双臀をわし摑んだ。

「んん……いや」

亜希子は勃起の根元に手を添えた。

尻にあてがわれた両手がゆっくりとワレメを開いていく。生温かな舌が淫裂をなぞり上げると、

「あっ……ぁぁッ」

亜希子も男根を頰張った。

「う……おぉう」

根元をしっかり支えたまま、奥深くまで呑み込んでいく。えぐみの効いた懐かしい味が口いっぱいに広がった。咥え込んだ肉の雄々しさに、体の芯に震えが走る。

和也の舌が激しくワレメを行き来するごとに、亜希子も頰張っては吸いたて、また咥え込んでは舌を巻きつかせた。

九年前は拙い愛撫だっただろう。だからこそ、いま存分に感じて欲しい。

「ンッ、ンッ……ハンッ」

　亜希子は陰嚢を転がしながら舌を絡ませた。吸い上げながら包皮を剝き、咥え込むときは包皮を亀頭にぶつける。寸分の隙もなく内頰をぴったりとペニスに密着させながら、献身的に口唇愛撫を施した。

　ジュジュッ、グジュッ、グジュッ……。

　互いの唾液の音が室内に反響した。

「ハア……亜希子……上手くなったなぁ……」

「ンンッ……」

　くすぐったいような気持ちだった。その言葉の裏には「たくさんの男に抱かれたんだろう」という含みが見え隠れする気がする。

　女にとって初めての男は一生忘れられないものだが、処女を抱いた男はどんな気持ちなのだろう。心は離れても、一生自分しか知らない女でいてくれと思うのだろうか。見えない相手に嫉妬するのだろうか。

　クチュッ……グチュッ……。

　みるみるうちに限界が訪れた。もう挿入されたくてたまらない。肉傘をパンパンに張りつめさせた和也もおそらくそうだろう。

結合をせがむように尻を振りながらペニスを吐き出した。

「もう……ダメ……欲しいの」

消え入りそうな声で懇願し、後ろを向いた。

和也も舌を止めて蜜まみれの顔を上げる。

「お願い……挿れて」

その言葉に獣性を滲ませた瞳が鋭く光った。

次の瞬間、体勢を変えた和也の体が覆いかぶさってきた。

「あっ」

両足首を持たれた亜希子は、そのまま尻を浮かされ体を後転させられていた。

「ンッ……苦しい……離して」

首と背中が折れそうに痛い。

「いい眺めだよ。マングリ返しってやつだな」

懸命にもがいても、和也は取り憑かれたように戒めを解いてはくれなかった。

強烈な力で押し固められた体はビクともしない。

「ああ、全部見えるよ。アソコもアナルも……」

和也は白い太腿の隙間からうっとりと呟いた。

「いや……昔はそんなこと言わなかったじゃない」

「お前だって、こんなにいやらしくなったんだ、お互いさまだろう。それにしても卑猥だな。二つの孔がヒクついてるよ」

「クッ……」

「さぞ、たくさんの男に開発されたんだろうな」

そう言うや亜希子の足首を持ったまま、ベッドに立ち上がった。

「ヒッ……」

高々と足が持ち上げられた。

「苦しい……息が……」

激しい痛みとともに逆さにされた体が軋んだ。

首と肩、後頭部に信じられない重圧がかかる。

「苦しいか……？　苦しいよな？　でも、こうでもしない限り、お前は俺を忘れてしまう」

両脚が開かれた直後、そそり立つペニスが上からズブズブとめり込んできた。

「アアッ……アアァァアアッ」

「おおっ……クウッ」

閉じられた粘膜が雄肉に割り裂かれていく。

亜希子は喉奥から悲鳴を絞り出した。苦悶に歪む顔を覗きこみながら和也はいったんカリ首まで腰を引いた。しかし、息つくひまも与えられず、再度ペニスが叩き込まれた。

「グッ……ググ……」

今度は先ほどより深い。内臓がひしゃげるほどの圧が体内にかかる。

ズチュッ……ズチュッ……ジュポッ——！

ゆっくりと律動が始まった。

「アアッ……和也さん……許して」

深々とペニスが沈み込み、亜希子は必死に両腕で体を支える。

粘つく汗が全身から吹き出した。脳天に血が昇り、苦痛はますます増幅した。

だが、かつてないほど過酷な体勢を強いられているにもかかわらず、膣ヒダは歓喜に引き攣れ、ペニスにいっせいに絡みついているのだ。

「アッ、アアッ……ンンンッ」

訳もわからず嬌声を迸らせた。

それでも容赦ない鉄槌が浴びせられる。見おろす和也の瞳は暴虐的な色彩に彩られていた。己の刻印を刻み付けるべく、怒濤の連打が幾度となく送り込まれる。

常軌を逸した衝撃と圧迫が、亜希子の総身を壊さんばかりに襲ってくる。

――処女を捧げたときは痛みしかなかった。

しかし、内臓が引き裂かれるような激痛と圧迫感はやがて快楽に変わり、いつしか互いの肉が溶け合うほどの激しさを欲するようになった。性器で繋がるだけではなく、相手を慈しみ、二つの肉体が共鳴し合うほどの快楽を分かち合った。

男を知り、性の悦びを知った十九歳から二十歳の時間が走馬灯のように駆け巡っていく――そしていま、亜希子の体はこれまで経験したことがないほど、淫蕩にたぎり、熱いうねりの中で燃え盛っている。全身を蝕むほどの快楽は、その痛苦さえも凌駕した。

「亜希子……すごい締めつけだよ」

グチュリ……グジュッ……パパパンッ――！

逆立ちの体勢で、深々と肉と粘膜をえぐられた。

立て続けに送り込まれる衝撃は肉で肉を洗うほどの破壊力に満ちていた。沸騰した血潮が四肢の隅々まで行き渡り、肌をいっそう愉悦に染め上げていく。

「アアンッ……ハアッアッ……」

膣粘膜は灼熱に溶け、悲鳴をあげ続けた喉は掠れていた。

呼吸さえも苦しくなり、さらなる激痛が首と脊髄に走っていく。しかし、体は苦悶と背中合わせにある快楽を確実にとらえていた。

亜希子は肉棒の穿ちを満身で受け止め、ひたすら快楽を追求することに集中した。

「アアンッ……和也さんッ……いいの……すごくいいの……」

ズチュッ、ズチュチュッ――！

「そろそろイクぞ」

抜き差しがいっそう速まった。

「アアッ……私も一緒に……」

巨大な火柱が体内を貫いた。

苛烈な肉の衝撃は、亜希子の意識を遥か遠くに放り投げた。

生々しい恍惚が全身を包み込み、和也が渾身の乱打を深々と叩き込む。

「アアッ、アアアアアッ……！」

「おうぅ、おおぅおおおっ――！」

汗と涙に濡れ光る互いの顔を見つめながら、二人は忘却の彼方へゆき果てた。

5

和也は自首した。

彼が提出したUSBと供述に基づき、鶴田正則が逮捕された。

現職の副大臣、将来を嘱望された三世議員の逮捕は連日報道され、マスコミを賑わしている。鶴田の派閥の領袖《りょうしゅう》たる日本民政党幹事長の星野清次郎《ほしのせいじろう》まで捜査が及ぶのか、北海道の建設業者のみならずスーパーゼネコンも関与しているのではないかという話題でもちきりとなり、かつてのロッキード事件、リクルート事件並の一大汚職事件に発展か、と騒がれている。

亜希子は警察の捜査を受けることを覚悟していたが、刑事がやってくることもなければ、呼び出しもかからない。

おそらく、和也は亜希子のことを一切話さなかったのだろう。USBはあくまで自分が隠し持っていたことにしたに違いない。

別れ際に見た和也の清澄な瞳が思い出された。

半月後――。

「こらっ！　下着のまま歩かない！」

大浴場から出た亜希子が廊下を歩いていると、金切り声が浴びせられた。

振り向くと、制服姿の邦子がキャリー片手に睨んでいる。

「あッ、サトク……いえ、里中先輩、フライトお疲れさまです」

すっかり元気になった彼女は、数日前から仕事に復帰していた。

ああ、よりによって梨乃と一緒に買ったレースのキャミソールとショートパンツ姿のときに会うなんて。

「下着で歩くなんて、非常識にもほどがあるわ」

「あの……これ、下着じゃなくって……」

「口答えしない！　私がいない間にそうとう規律が乱れたようね。明日にでも新しい管理人にきつく言っておくから」

ぷりぷりしながら歩いて行くサトクニに、亜希子は温かい気持ちになる。

そう、サトクニはこれでなくっちゃ。

「里中センパーイ！」

「何よ」

「これからもビシビシお願いします！」

亜希子は入浴グッズを持ったまま、ぺこりと礼をした。

サトクニがエレベーターへと消えた直後、

「あら、亜希子先輩、お風呂だったんですか？」

両腕いっぱいのバラの花束を抱えて、梨乃が歩いてきた。

バラと同じ真紅のサテンドレスで現れた艶姿は、豪華な花束に少しも引けを取らない。ふんわりとしたミニ丈の裾からは白い美脚が伸び、胸元はため息が出るほど豊満なバストが揺れている。

「豪華なバラ。鳴海さん、完全に梨乃にノックアウトされたわね」

「ふふっ、彼ったら毎週いろんな種類のバラを送ってくれるんですよ。これは『マ・シェリ』って言うんですって。ああ〜でも残念！　サトクニが戻ってきたから、またガミガミ言われそう」

やれやれ、梨乃は鳴海とイイ仲になったようだ。

「また大阪ステイ入らないかしら。キャンセルが出たらすぐに入れてもらえるよう、スケジューラーにお願いしなくちゃ」

「そんなに会いたければ、東京に来てもらえばいいじゃない」

「ダメですよ。こっちにはこっちの彼がいるんです。鳴海さんはあくまでも大阪のオ・ト・コ」

「まあ、港・港に男がいるってこと？」

「もちろんです。若いうちに男を見る目を養っておかなきゃ。先輩みたいに一人の男に操を立てる尻の重〜い女にはなりたくないもん」

「こら！」

「キャハハ」

梨乃は一目散へとエレベーターに駆け寄り、亜希子を待っていてくれた。あいかわらず口が達者な憎らしい小悪魔だ。

あれから徹とは上手く付き合っている。ときおり、梨乃に誘われて合コンらしきものに参加するが、多くの男性を見ることで改めて徹の良さを認められたし、わずかな後ろめたさが彼への優しさ、寛容さに繋がっていく気がする。

白ユリ寮には新しい女性の管理人が赴任し、またかつての平和と活気を取り戻していた。あのおぞましい事件を口にする者はいないが、忘れ去られることもないだろう。

皆それぞれの思いをしまい込み、日々のフライトに勤しんでいる。

エレベーターが三階に着いた。

「明日も同じフライトね。じゃ、おやすみなさい」

「亜希子先輩、おやすみなさい」

バラを抱えた梨乃が閉まるドアの間からニッコリと微笑んだ。

部屋に戻った梨乃を甘い香りが迎えた。

先週送られた「ガルシア」という名のバラの匂いだ。

鳴海の贈るバラは質が良く、時間がたっても光沢ある華麗な赤は少しも色褪せない。部屋中に芳香が漂う中、梨乃はハミングしながらマ・シェリを生け、窓辺に飾った。

デスク前のイスに座り、パソコンのスイッチを入れる。

画面には『大浴場』『更衣室』そして『29歳・志摩亜希子』『21歳・榎木あかね』『33歳・里中邦子』などのフォルダが並んでいた。

その中の一つのファイルをクリックする。

ザザーッと砂嵐が流れたあと、画面にブロンズ色が広がった。

『ンンッ……アンッ……』

女の肌の色だった。

目と口を粘着テープで塞がれ、後ろ手に拘束された女が震えている。

ミミズ腫れの傷を負った手がパンティを脱がした。

局部を晒されたあと、豊かな尻が高々と持ち上げられる。

たるんだ腹が女の背後に回った。やがて、芋虫のようなペニスが現れ、バックから貫いた。

女はひときわ艶めかしい喘ぎをほとばしらせる。

貫かれるたび、何度も、何度も——。

梨乃は瞳を輝かせた。

「ふふ……」

甘い香りに包まれながら、艶やかな唇が笑みを浮かべた。

◉本作品に登場するＣＡ関連用語解説（蒼井凜花）

*1 乗務パターン……国内線は基本的に、三日間乗務し二日間休み、三日間乗務し一日休む3―2―3―1のパターン。しかし、近年はステイ（宿泊）が減り、日帰りフライトも多いため、エアラインによっては四日間連続の乗務もあり。

*2 手当……パーディアム（ステイ先での宿泊費・飲食費）、タクシー手当、制帽・手袋の廃止、ストッキングや靴は自費購入（機内用はヒール4センチ以下・機外用は8センチ以下の黒か紺）。会社によって差があり。

*3 パーサー……専任客室乗務員。会社によって、チーフキャビンアテンダント（通称チーフ）、チーフパーサー（通称ＣＰ〈シーピー〉）と呼ばれる。

*4　ランウェイ……………滑走路。羽田空港には、A・B・C・Dの四本の滑走路がある。離着陸時は向かい風が理想となるため、建設の際は、候補地の風向きに関する膨大な気象データを分析して向きを決めている。

*5　特殊旅客……………・満六歳以上、十二歳未満の小児（原則として、出発地および最終目的地に保護者や代理人の送迎があること）
・妊婦（プレグナント）
・聾唖旅客
・全盲旅客
・精神薄弱旅客
・傷病旅客
・被疑者（プリズナー）
・歩行困難旅客（車椅子の方など）
・ストレッチャー旅客（傷病、または身体上の都合で着席状態ができない、または不適切であるとの理由により、横臥状態で旅行する旅客）

*6　PA（public address）…………機内放送。キャビンではパーサーや機長から様々なPAが行われる。離陸前、飛行中、着陸後など、国内線では一便につき十回から十五回程度アナウンスされる。

＊この作品は、書き下ろしです。また、文中に登場する団体、個人、行為などはすべて実在のものとはいっさい関係ありません。

写真モデル／著者本人
写真撮影／中谷航太郎

二見文庫

欲情《よくじょう》エアライン

著者　蒼井凜花《あおいりんか》

発行所　株式会社 二見書房
東京都千代田区三崎町2-18-11
電話　03(3515)2311［営業］
03(3515)2313［編集］
振替　00170-4-2639

印刷　株式会社 堀内印刷所
製本　株式会社 村上製本所

落丁・乱丁本はお取り替えいたします。
定価は、カバーに表示してあります。

ISBN978-4-576-14038-4
http://www.futami.co.jp/